Quarenta dias

Maria Valéria Rezende

Quarenta dias

2ª edição

ALFAGUARA

Copyright © 2014, 2024 by Maria Valéria Rezende

Grafia atualizada segundo o Acordo Ortográfico da Língua Portuguesa de 1990, que entrou em vigor no Brasil em 2009.

Capa
Joana Figueiredo

Imagem de capa
Bar da esquina, 2022, óleo sobre tela de Rodrigo Yudi Honda, 60 × 80 cm. Acervo particular

Ilustrações de miolo
Andrea Vilela de Almeida/ Shutterstock

Revisão
Luciane Gomide
Aminah Haman

Os personagens e as situações desta obra são reais apenas no universo da ficção; não se referem a pessoas e fatos concretos, e não emitem opinião sobre eles.

Dados Internacionais de Catalogação na Publicação (CIP)
(Câmara Brasileira do Livro, SP, Brasil)

Rezende, Maria Valéria	
Quarenta dias / Maria Valéria Rezende. — 2ª ed. — Rio de Janeiro : Alfaguara, 2024.	
ISBN 978-85-5652-249-8	
1. Ficção brasileira. I. Título.	
24-221946	CDD-B869.3

Índice para catálogo sistemático:
1. Ficção : Literatura brasileira   B869.3
Cibele Maria Dias – Bibliotecária – CRB-8/9427

Todos os direitos desta edição reservados à
EDITORA SCHWARCZ S.A.
Praça Floriano, 19, sala 3001 — Cinelândia
20031-050 — Rio de Janeiro — RJ
Telefone: (21) 3993-7510
www.companhiadasletras.com.br
www.blogdacompanhia.com.br
facebook.com/alfaguara.br
instagram.com/editora_alfaguara
x.com/alfaguara_br

*Para minhas irmãs Vitória, Verônica, Valentina e Viviana,
e para meu irmão Leôncio.*

Minha gratidão a Chica Daga, Santina Barp, Jô Farias, Kátia Sacco, Maria Célia Marinho, Nara Cristina Macedo, Sérgio Janma e Luana Vidal pelos conselhos, e a todos os escritores de quem furtei palavras ao longo dessa travessia.

Não pergunte por que lhe escrevo. Escrevo porque as palavras estão aí, como a cidade, a noite, a chuva, o rio, diante de mim, dentro de mim, uma torrente de palavras que não me cumprem.

Marília Arnaud

Sei, agora, por que cismei de trazer na bagagem este caderno velho vazio, trezentas folhas amareladas, com essa Barbie na capa de moldura cor-de-rosa, sabe-se lá de quem era nem como se extraviou na minha casa. Quando Norinha era menina acho que ainda nem existiam esses cadernos da Barbie. Mesmo assim, já é velho, nem é politicamente correto, do tempo em que ainda não se reciclava nada, já foi branquinho, não sei quantas árvores assassinadas e toda essa história. Cismei com ele e pronto. Porque eu quero!, por mais que a fúria organizadora da prima Elizete tentasse botá-lo no monte de velharias, quase lixo, pra vender na tal "garage sale" que aprendeu com a filha que foi morar nos Estados Unidos e inventou de fazer com meus trastes.

Minha filha disse O que é isso, mãe? Parece que virou uma velhota sentimental, com esse apego a coisas completamente ultrapassadas. Pronto. Foi o que bastou pra Elizete pegar a deixa e pôr as mãos na massa, esvaziar gavetas e estantes, separar roupas que Vixe, Alice, só servem mesmo pra brechó, ou nem isso, uma velharia!, há quanto tempo você não renova seu guarda-roupa?, arrastar móveis, alugar caminhonetes e levar minhas coisas pra garagem dela, botar cartazes família-vende-tudo, uma estafa só de olhar. A essa altura nem tentei mais resistir, não podia mesmo trazer meus teréns todos, valiam muito menos que o custo do caminhão de mudança por uns cinco mil quilômetros. A última peça a sair de minha casa foi a cadeira de balanço austríaca com a palhinha gasta protegida por uma almofada de ponto de cruz, restos da casa da minha avó, onde eu tinha arriado pra ficar, amuada, assistindo ao rebuliço, à derrocada da minha vida tão boínha, e só pensando que, graças a Deus, não tinha ainda posto em prática a decisão de ter um gato, pobrezinho, o que seria dele naquela situação, não é mesmo, Wislawa? Isso não é com você não, Barbie, eu disse pra outra pessoa

 A almofada também foi. Fiquei eu, de pé, no meio da sala do apartamento vazio, sentindo-me também oca como se o aspirador de pó, que Elizete brandia pela casa agora vaga, tivesse chupado meu recheio pra fora e a querida prima fosse vender minhas tripas na garagem dela, junto com o resto das bugigangas. Que nada!, ainda estava tudo lá dentro porque, por uns segundos, senti tontura e enjoo. Elizete gritava que eu fosse logo, estava segurando a porta do elevador pra mim, não podia continuar empatando os outros moradores, fiz um esforço pra arrancar-me dali e, antes de eu chegar à porta, o telefone, largado sozinho no chão, num canto da sala, começou a tocar, ainda mais estridente, ecoando no espaço completamente vazio, parei, mas deixei tocar, tocar, tocar e finalmente saí, batendo a porta, o aparelho velho Não serve nem pra vender, Alice, quem vai querer um telefone ainda de disco?, larguei lá, abandonado, ali já não morava ninguém, ninguém mais respondia por aquela casa.

 Elizete tem uma garra, seja lá pra o que for... A garagem e o suor eram dela. Meio vergonhoso vender esses troços. Por mim, dava tudo pro São Vicente de Paulo, mas eu já tinha largado de mão qualquer briga. Vai dar, no mínimo, pra pagar a viagem, e você ainda fica com uns trocados pra farrar lá em Porto Alegre! Farrar, eu? Daí apareceu o caderno. Que leseira, Alice!, não vai me dizer que você vai recomeçar, lá no Sul, com essa besteira de dar aula o dia todo pra precisar de um caderno velho, vazio e grosso que dá pra vender por uns oito a dez reais, um novo desses é bem uns vinte ou mais, pra que levar peso inútil nas malas? Com duas aposentadorias, ave!, a do Estado e essa, agora, das aulas de francês, dá de sobra

Sei lá!, a isso, sim, eu resisti até o fim, agarrei-me com o caderno como a uma boia, vai ver que foi só mesmo pra dizer Não a alguém, fincar pé contra mais uma vontade alheia querendo tomar o controle daquela minha vida, já escapando feito água usada pelo ralo desde que me decidi, ou cedi?, a pedir o raio da segunda aposentadoria. Patética tentativa de resistência, mas, afinal, tinha sentido, agora acho. O caderno veio na minha bagagem por pura teimosia, mas com um destino oculto, tábua de salvação pra me resgatar do meio dessa confusão que me engoliu. Talvez

SOLAR VERDE
HOSTEL

Serviços

Atendimento 24 horas
Quarto duplo
Quartos coletivos
Sala de vídeo
Lareira
Armários individuais
Jardim interno
Churrasqueira
Sala de jogos

*Aquela figura feita de
partes montadas
não sorri para mim
mas também não pergunta nada
mas também não responde nada*

Luci Collin

Entrei neste apartamento — ainda não consigo dizer "em casa", tento, mas não há jeito — agora há pouco, exausta, carregando um furdunço no peito, sem saber onde despejar essa balbúrdia de imagens, impressões, sentimentos acumulados por quarenta dias, dei com o olho na Barbie e soube logo em quem vou descarregar tudo isso. Por sorte o caderno estava ali mesmo, perto da porta de entrada, na mesinha do telefone onde eu deixei desde que desfiz as malas, sem ter o que fazer com ele. Nem tranquei a porta, nem fui ao banheiro, nem bebi um copo d'água, muito menos pensei em telefonar a Norinha, a Elizete ou a quem quer que seja, aquela sensação de existir solta, no meio do mundo, sem nenhuma determinação alheia, mas exposta a tudo, uma conquista dura, persistindo como se eu ainda estivesse na rua, peguei o caderno, procurei uma caneta, joguei a bolsa e os sapatos por aí, desabei no sofá branco que eu detesto com você, Barbie, no colo, apoiada numa almofada roxa de babados que eu também detesto, mas Norinha adorou, comprou e até combina com você, "my dear friend". E aqui estou vomitando nestas páginas amareladas os primeiros garranchos com que vou enchê-las até botar tudo pra fora e esconjurar toda essa gente que tomou conta de mim e grita e anda pra lá e pra cá e chora e xinga e gargalha e geme e mija e sorri e caga e fede e canta e arenga e escarra e fala e fode e fala e vende e fala e sangra e se vende e sonha e morre e ressuscita sem parar.

Ave-Maria! Quanto nome feio acabei de escrever!, eu que nunca fui disso! Nem me importa, ninguém vai ler essa

Pronto! Contar a mim mesma, tim-tim por tim-tim, o que me anda acontecendo, desabafar com a boneca loira e o papel pautado, moucos e calados, incapazes de assustar-se, nem de dizer que estou doida, nem me mandar fazer psicoterapia ou sugerir um curso de dança de salão pra fazer amigos, uma oficina literária pra me ocupar, Aqui tem várias, excelentes!, Terra de escritores, e você sempre gostou de escrever, escreve tão direitinho!, nem me encher a cabeça com mil conselhos, Tome cuidado, que isto aqui não é João Pessoa, não, Porto Alegre é uma cidade enorme, moderna, metrópole, violenta..., que eu não conheço e que isso e aquilo.

Este caderno de ninguém e esta esferográfica barata que a Milena largou aqui são exatamente do que eu preciso. Um alívio, uma tarefa e coisas familiares pra antiga professora, uma fresta por onde respirar e deixar entrar alguma luz, voltar a pensar com certa clareza, reencontrar as palavras, minhas velhas ferramentas de trabalho. Me tranquiliza. "Thank you, Barbie!" Já posso ir beber água, ver em que estado de bolor e podridão estão as coisas na geladeira abandonada e meter-me por horas debaixo do chuveiro. Depois

La zia d'Italia
COZINHA ITALIANA

Delicie-se! Lasanha, panqueca, pizza, sanduíche, pastel, filé à parmegiana. **Pizza grande, 8 fatias, R$ 15,99.** Tele-entrega. Não cobramos taxa de entrega.

> *... somos sempre diferentes todos os dias, estamos sempre a crescer e a saber cada vez mais, mesmo quando percebemos que aquilo em que acreditávamos não era certo e nos parece que voltamos atrás. Nunca voltamos atrás. Não se pode voltar atrás...*
>
> José Luís Peixoto

Que nada, Barbie, afinal não consegui ficar horas debaixo do chuveiro, nem meia hora. Preciso escrever pra não sufocar, agora, assim mesmo, escrevendo à mão, sentada à mesa da cozinha, cercada de pedaços de papel amassado, até sujo, que ajuntei pelas ruas pra fazer anotações atrás, como esses que já copiei frente e verso aqui, a coletânea bilíngue de poemas do Borges, catada num sebo e ensebada mesmo, algumas páginas arrancadas de livros velhos, mais três fotografias de desconhecidos, o telefone celular do morto, sempre mudo, que ninguém reclamará, e, projetadas pela minha memória ainda recente e recendendo a humanidade, ou inumanidade?, as caras de todos eles por toda parte: nas paredes, no chão, no teto, no fogão, na porta da geladeira, no guarda-louça.

Não havia nada podre na geladeira, havia sim, no armário acima da pia, uma caixa de leite fechada, um pacote de bolachas e uma caixinha de ameixas secas. Lauto jantar pra quem não sente fome nem sono, só uma necessidade premente de dizer tudo. Milena andou por aqui, não há mesmo nada na geladeira, mas as garrafas de água estão cheias. Tudo limpo e sem a camada grossa de pó que eu esperava. Milena tem vindo aqui, mesmo sem receber sua diária há quarenta dias! Milena

Quarenta dias no deserto, quarenta anos. Só agora sei exatamente quanto tempo durou essa maluquice porque Milena não pensou em arrancar os dias já passados da folhinha do Sagrado Coração de Jesus, que a Tia Brites continua a me mandar todo Natal, e quando entrei perguntei a data de hoje ao porteiro Jerônimo a me olhar como quem vê visagem. Pudera!, o relógio do saguão marcava seis e dez da manhã, ele devia ter acabado de chegar pra render o porteiro da noite, e meu aspecto devia ser mesmo de assombração. Nada expliquei nem ele perguntou sobre a falta de malas, minha longa ausência que, de algum modo, ainda continua, eu, ausente de mim, aparentemente dentro, mas ausente deste apartamento que mais parece cenário de novela. Quarenta dias. Atravessei a geena. Acabo de sair da quarentena. Não planejei nada, caí lá sem querer, sem me dar conta de que aquilo podia ser a barca do inferno.
 Ninguém vai ler o que escrevo, mas escrevo. É a única maneira de voltar inteiramente, se é que ainda dá pra fazer meia-volta, volver. Mas tento, por isto deixo quieto lá no quarto-de-hóspedes--escritório o meu dinossauro eletrônico tão bem conservadinho e quero mesmo é o manuscrito, deixar escorrer tudo direto do corpo pra caneta e pro papel. A única coisa que tenho ânimo pra fazer agora. O único jeito possível de livrar-me deles, expulsá-los do espaço que ocupam dentro de mim e recuperar minha própria presença é reduzi-los a tinta e papel e encerrá-los numa gaveta, ou tacar fogo pra sempre. Será?
 Escrever tudo, certo, já disse isso de vários modos, é o que eu quero e preciso, mas por onde começar? Começa-se pelo começo, claro, "merci, Mr. de la Palisse!", ou "de la Palice, comme vous voulez". A vida recomeçando sempre

Qual começo?, aqueles tempos ainda lá em Boi Velho? Tia Brites, com seu amargor de moça-velha inconformada, me enchendo a cabeça de dúvidas?, Vê lá se um galalau bonito desses, louro, alto, de olho azul, filho de comerciante vai nada casar com você, matuta, pescoço curto, baixinha que mal chega no ombro dele!, perto dele você é quase preta, e ele vai achar outra bem mais conforme, lá na Universidade. Minha avó dizia Deixa lá a tua tia, que a mulher e a sardinha só se quer da pequenina, e eu continuava feliz. A perda dos avós que me criaram e que me pareciam indestrutíveis, com suas histórias extraordinárias? O namoro com Aldenor se firmando, pra valer, a filha tão diferente de mim, Igualzinha ao pai, vejam só. Só pode mesmo se chamar Aldenora! Galeguinha, alvinha feito ele, de olho azul, vão ver, logo a cor se firma!, ele sumido nas suas atividades que nem eu podia saber, Pra não pôr em perigo você mesma e a menina, e ele sumindo de vez, desaparecido, morto? Norinha vindo-se embora pro Sul com seu gaúcho louro, mais conforme, diria a Tia Brites?

Que nada, o começo do caos em que me encontro acho que não foi nada disso. Nada na minha vida pregressa — vida pregressa? — me anunciava uma loucura assim. Nem posso dizer que a partida de Norinha pro Sul tenha sido uma grande mudança, já estava morando com o Umberto desde que firmou o namoro, ele já quase a ponto de defender a tese e voltar pro Sul, ela correndo com a primeira fase do doutorado pra poder vir com ele pra cá, quase não aparecia, telefonemas apressados, Bença, Maínha, tudo bem com você?, se cuide, viu!, saia de casa, vá se distrair!, um cheiro...

Nada, Barbie, isso que escrevi até aqui não tem nada a ver com o que preciso desabafar, não estou conseguindo abrir de verdade o baú da confusão, mas escrever, seja lá o que for, me acalma, já me aliviou um pouco o sufoco, até bocejei. Estou exausta, e nem sei que horas são, ainda é dia, mas pouco me importa, acostumei-me a dormir a qualquer hora em que tenha sono, onde calhar de haver um canto pra me esconder

Mais um copo de leite e vou dormir, se conseguir. Talvez eu só precise de uma longa noite de sono, com meus próprios velhos lençóis do enxoval, que não deixei Elizete vender nem dar, meio puídos mas limpíssimos e engomados a ferro pela Milena, e então tudo isso passe, eu retome meu juízo e amanhã não sinta mais essa necessidade de pôr pra fora a minha trapalhada, nem precise encher um caderno, só arrancar essas páginas escritas hoje, juntar com os detritos desses quarenta dias que espalhei em cima da mesa, jogar tudo no lixo, devolver você pro seu sossego na mesinha do telefone, Barbie, e esquecer. Amanhã

> *... passo agora o dia todo a escrever o diário. [...]*
> *Dá-me a sensação da onipotência, da onisciência,*
> *de ser dono dos meus dias, das minhas horas*
> *e minutos, da minha verdade enfim...*
>
> Edson Amâncio

Ontem à noite, saí daqui da cozinha feito bêbada, achando que ia cair na cama e dormir como uma pedra. Que nada!, o sono da pedra não durou nem duas horas, o resto da noite foi uma batalha sem trégua, aquela gente toda e eu mesma, fora de mim, outra Alice nos pesadelos, numa sarabanda da qual eu não conseguia escapar, até o sol entrar pela janela, largada aberta sem querer, e me acordar no meio de um remoinho de lençóis amarfanhados, exausta e desarvorada, como ontem, anteontem, antes de anteontem, antes

Ainda meio adormecida, fechei a janela e voltei pra cama, naquela madorna, já perto de acordar de vez, e então comecei a reviver cenas bobas, de muito tempo atrás, sem importância, completamente esquecidas, agora nítidas em sonho ou na minha memória, por que será?... coisas assim como o dia em que estava um friozinho excepcional pra João Pessoa e resolvi fazer uma sopa quente pro jantar, aproveitando umas batatas-baroas que tinha achado no mercado. Batata-baroa, saudade do sítio do meu avô!, uma raridade na cidade, mais batata-inglesa, cenoura, cebola e caldo de galinha, tudo de bom! O cheiro da sopa no fogo já tinha impregnado a casa quando Nora chegou. Vai fazer sopa hoje, Mãínha? Que horas? Já está pronta, se quiser é só bater no liquidificador... Como nunca me esperava pra cear, pois ia correndo pra faculdade, apenas ouvi vagamente que estava mexendo na cozinha enquanto eu assistia à novelinha das seis. Tão distraída com a novela, nem percebi que ela já tinha saído. Tudo bem, até que fui tratar de pôr a mesa pra mim. Só tinha sobrado menos de uma concha rasa de sopa! Pasme, Barbie, ela tinha se servido na tigela do feijão. Fiquei danada, na hora, nada mais a fazer do que usar a imaginação... já eram quase sete e meia da noite. Então botei mais um copo d'água com uma colher de maisena, meio tablete a mais de caldo de galinha e cozinhei ali dentro uma porção de massinha pra sopa... que bom que tinha em casa! Tomei então o resultado, como se estivesse tudo normal, com apenas um leve gostinho de batata-baroa... mas quando ela voltou não dei um pio, pra não ser chamada de mão de vaca. Incrível eu me lembrar de tudo isso nos mínimos detalhes, até o cheiro da sopa! Acordei de vez com minha própria voz dizendo: amanhã compro mais

Fiquei ainda um bocado na cama, sem força pra me levantar, agora lembrando tudo claramente: quando aconteceu essa historinha, semelhante a várias outras, Norinha tinha resolvido fazer uma dieta, sei lá quem indicou, nem pra quê, mas não importa. Só queria comer arroz, macarrão, pão se fossem integrais, difíceis de achar e caríssimos naquele tempo, mais os legumes e uma sola chapada de peito de frango, que, imagine só, Barbie, minha filha me "ensinou" a fazer. Vivia acrescentando coisas estranhas nas minhas listas de feira, que eu fielmente obedecia... eu, que nem minha avó, fazendo qualquer coisa pra evitar discussão. Claro, de vez em quando ela dava umas escapadas na dieta, principalmente comendo meus chocolates e umas guloseimas de que gosto e comprava pro meu lanche. Afinal, eu não estava de dieta. Quase não se sentava à mesa comigo, comia em pé na cozinha, ia pro quarto dela comer as gororobas dietéticas que fazia, ou se enchia só de claras de ovo, jogando as gemas fora. Parei de tentar aproveitar, pois não dava pra tomar gemada todo dia, não é?, e Vó não estava mais neste mundo pra me ensinar a fazer fios d'ovos ou quindins... e as gemas que Norinha descartava eram branquelas, nada daquele amarelo vivo dos ovos de capoeira do sítio. Será que ainda existem fios d'ovos,?, nunca mais vi... Bom, mas posso pelo menos tentar pegar de novo o fio desta história que de uma página à outra ameaça se esfiapar... Enfim, levantei-me e fui pro banheiro ainda com cenas do comportamento adolescente tardio de minha filha girando na memória, umas puxando outras, até que a água fria as espantou.

E cá estou de novo metida nesta cozinha alheia, "showroom" de móveis modernosos, com minha angústia e meu desacerto, esses retalhos de papel, tickets de compras, guardanapos roubados, folhetos de publicidade recebidos nas esquinas ou catados no chão da cidade, com anotações aleatórias no verso, as três fotografias, o celular do morto, o livro recusado por Arturo, a caneta e você, Barbie, "Good morning!", mais as bolachas e um copo de leite morno onde boiam grumos do café solúvel velho e compacto que achei e raspei do fundo do potinho.

Eu devia era debulhar aquele monte de papel que achei enfiado por debaixo da minha porta, separar as contas a pagar, por certo com multa, encontrar meu cartão da poupança, ir ao caixa eletrônico, tirar um dinheiro, pôr um mínimo de crédito nesse celular do morto pra pelo menos ressuscitar o chip e ver se alguém chama, tratar de comprar o que comer, mas não vou, já danei a escrever e sei que vou continuar até cair outra vez de cansaço ou sono.

Já enchi páginas e não achei o começo. Deixe de embromar, Alice, confesse que o broto desse espinheiro que cresceu dentro de você foi a revelação do egoísmo da sua filha. Foi isso. Diga à Barbie o que você está sem coragem de dizer a si mesma. Diga

Digo, tenho de me dizer claramente, muito mais a mim mesma do que a você, Barbie. O que lhe importa? Você não tem nada a ver

Lembranças boas. Ela poderia dizer duas ou três coisas sobre lembranças boas. Dizer que é preciso voltar os olhos para trás com todo o cuidado e focá-los ali, ali apenas, no frágil instante feliz. Como se tivesse um zoom na cabeça.

Maria José Silveira

Por que a felicidade não pode ser morna como leite, confortável, discreta, previsível?

Rosângela Vieira Rocha

Qualquer começo é só prosseguimento e o livro dos eventos está sempre aberto ao meio.

Wislawa Szymborska

Deixa eu me lembrar direitinho como foi. Tudo começou nas férias de inverno do ano passado, quando Umberto voltou logo pra Porto Alegre, a pretexto de muito trabalho na Universidade, e Norinha disse que ia ficar ainda três semanas comigo pra curtir sua Máínha, que sentia tanto a minha falta, que Umberto é um amor, Eu sinto que a família dele gosta tanto de mim!, minha sogra me trata como uma filha, mas não é a mesma coisa, mãe de verdade a gente só tem uma! Depois de uns três dias dessas declarações de amor filial, fora do costume, a ponto de me deixar meio cismada, deu o bote, com certeza já armado havia tempo: Máinha, tenho uma coisa importantíssima pra lhe dizer. Chegou a hora da senhora virar avó!

Lembro que o susto e a alegria foram tamanhos que fiquei um momento parada, olhando pra expressão misteriosa dela, depois pra barriga, querendo perceber algum sinal da gravidez. Então era isso. Estava explicado o sentimentalismo dos últimos dias. Acontece. Eu disse, feliz, Ainda não se nota nada, filha. Pra quando vai ser? Ela se mexeu, inquieta, hesitou e finalmente respondeu Vai depender da senhora, Máinha. Eu ri, Como vai depender de mim, filha?, que eu saiba, bastam dois, macho e fêmea, pra fazer uma criança, depois é só deixar a natureza agir que a barriga cresce e o menino salta fora, se Deus quiser! Percebi um tom de impaciência, Como é que eu hei de ter filho a esta altura da vida, mãe, com quase trinta e quatro anos, tempo integral na universidade, sem minha mãe junto pra me ajudar com a criança? Não entendi logo onde ela queria chegar, Mas, Norinha, é claro que quando for chegando a hora eu tiro uma licença aqui e vou pra lá, acompanhar você no final da gravidez, o parto e os primeiros meses com o bichinho. Eu vivo substituindo outros professores, até de outras línguas, não vão poder negar uns bons seis meses de licença pra professora Póli! E logo você aprende a lidar com criança, não tem mistério, é natural, a gente está feita pra isso.

Não, não era assim, não, no entender de Norinha, como era que alguém havia de engravidar sem a garantia de condições pra tomar conta do filho e manter a carreira que custou tantos anos de esforço e planejamento?, imagine alguém se meter a ter filho sem planejar, coisa de gente ignorante!, não se ofenda, Máinha, não estou falando da senhora, naquele tempo era tudo diferente, mulher nem precisava ter uma profissão pra valer, mas hoje não dá, certo?

Em resumo, o certo pra ela era que eu, afinal, já tinha chegado ao fim da minha vida própria, agora o que me restava era reduzir-me a avó.

Eu, de cara, disse não, eu não queria me mudar pra Porto Alegre, aquele frio danado!, nem era preciso, que hoje a moda é todo o mundo botar a pobre da criança presa numa creche assim que desmama, eu não havia de largar pra trás tudo o que eu custei tanto a conquistar, meus velhos amigos, os alunos que se tornavam novos amigos, a praia, o Atlântico todinho na minha frente, planos de viagens e atividades que tinha tido de adiar até então, mas ainda em tempo de realizar, uma vida que eu considerava feliz, apesar das cicatrizes.

Foi pelas cicatrizes que ela me pegou e não largou mais, chantageando: por minha culpa ela tinha crescido praticamente sozinha, eu me ausentava, só pensando em trabalhar pra esquecer a tragédia da minha juventude, ela não tinha culpa de nada, fui eu que nem tive coragem de recomeçar a vida, de lhe dar um novo pai, que ela, a bem dizer, nunca teve nenhum, não lhe dei irmãos, eu nem imaginava como doía ver Umberto, eufórico, assando churrasco com sua enorme família gaúcha, o bando de irmãos que ele tinha, os sobrinhos, os pais, um casal feliz e realizado, recebendo a todos de braços abertos, inclusive a ela, mas não era a mesma coisa, não eram do mesmo sangue, ela se sentia sempre uma estranha no meio deles, e agora eu ainda queria que ela enfrentasse sozinha o desafio de ter filhos?, e os filhos dela iam crescer numa família alheia sem traço da família da mãe, longe e ignorantes das raízes dela?, engraçado, Barbie, antes disso eu nunca tinha notado sinal de apego dela às suas raízes sertanejas. Disse que se eu não tivesse generosidade pra ajudá-la agora era melhor nem ter tido filha nenhuma, que eu me decidisse logo, se não ia ser tarde demais, Umberto não queria um filho só, trinta e cinco anos era o limite pra começar, e essa toada continuou por dias e dias. O tom com que me falava foi se tornando cada vez mais acusatório e amargo, e eu cada vez mais assombrada ao descobrir como minha filha via a vida que me matei pra lhe dar, as culpas que me atribuía, a imagem que tinha de mim. Era de duvidar que aquela estranha acusadora fosse de fato minha filha, saída das minhas entranhas, e não porque fosse assim tão branca, tão alta, tão loura, de aparência tão diferente da minha, de meu só a forma dos olhos, puxados. O que me estarrecia era a pessoa inteiramente desconhecida, revelada pelas palavras agora ditas noutra língua, na qual nem se ouvia mais um traço da fala paraibana, sua língua materna, fora o "Máínha" que ela deixou de usar logo depois do meu primeiro não.

Eu não me reconhecia naquela mulher que ela pintava com traços e cores tão duros, não assumi as culpas que ela me lançava, resisti, calada. Não engoli a culpa que ela jogava pra cima de mim, mas também não revidei, nem sequer me defendi nem me desculpei. Ouvi calada, continuei a fazer os pratos de que ela mais gostava, a cuidar das coisas e a ceder minha poltrona preferida, em frente ao janelão que dava pro mar, pra que ela se sentisse confortável na minha casa, como se ainda fosse a casa dela, eu pensava, continuei a deixar nas mãos dela o controle remoto da televisão, mas não entreguei minha vontade nem minha consciência. Minha boca calava, Norinha devia estar embravecida com meu silêncio, pouco parando em casa, entre as manhãs de praia, se havia sol, saídas pra shoppings, bares da praia ou qualquer outro lugar com seus antigos colegas da universidade. Minha cabeça, porém, corria a mil por hora, perdida num labirinto de hipóteses, ora de argumentos e fórmulas pra resistir, ora do que me aconteceria se entregasse os pontos.

Quando eu menos esperava, chegou Norinha, num fim de tarde, toda alegre, Olha Máínha, o que eu trouxe pra você, uvas fresquinhas e sem caroço. Não é a fruta que mais gosta, Máínha? Estas estão quase tão boas como as da Serra Gaúcha.

Peguei a caixa, acho que devia ter uns dois quilos, cachos lindos, uns madurinhos, outros de vez. Minha boca se encheu de água. Era mesmo a fruta que me fazia sonhar nos tempos em que não havia uvas no Nordeste, saborear caprichosamente, tão caras que eram. Mas logo a desconfiança fez esmorecer o gosto das frutas, o que estaria arquitetando minha filha?, ia recomeçar com a conversa de neto e minha ida pra Porto Alegre, agora tentando me seduzir? Aguardei um pouco a nova abordagem, mas nada pediu, nem demonstrou esperar especial agradecimento... menos mal. Assim as uvas me caíram melhor, sem a raiva de perceber que havia uma intenção velada. Pouco tempo ficou Norinha, provou também das uvas e logo se foi, com ar casual, Já vou, Máinha, passei mesmo só pra trazer as uvas, combinei um jantar de despedida com a turma.

Sentei-me na cadeira de balanço de frente pro mar e calmamente continuei a beliscar as uvas. Deliciosas!, imagine, como seriam no Rio Grande do Sul?, passou-me pela cabeça. E assim fiquei por algumas horas, apreciando vagamente o rápido entardecer, as primeiras estrelas apontando, ora saboreando uns bagos de uva, ora pensando em tudo que havia vivido e sopesando certos sentimentos meus, impressões que me pareciam tão claras... De repente tudo começou a se embolar em lembranças desencontradas, antes armazenadas entre as coisas irrelevantes, mas que agora me incomodam, me vêm assombrando. Não, não deveria ter-me surpreendido tanto com todas as acusações de Norinha, havia indícios anteriores que teriam me prevenido, não fosse meu renitente otimismo, necessidade de sobrevivência?, desde que soube da minha própria gravidez.

Fiquei radiante e mais ainda quando nasceu uma menina, Como é bom saber que vou ter uma companheira!, quantas coisas vamos poder compartilhar?!, vamos ser felizes pra sempre! De fato tudo me parecia assim, apesar da tensão crescente e das ausências cada vez mais longas de Aldenor, Tenha cuidado!, não responda a nenhuma pergunta sobre mim, desconverse..., não se preocupe que eu estou seguro, mas tem de ser... Eu acreditava em ser feliz, Aldenor ia voltar, a luta vencida porque era justa, meu bebê saudável, uma menininha tão bonita e risonha.

    Apesar da tragédia do desaparecimento de Aldenor, das minhas noites em claro, do aperreio com as notícias, sempre truncadas pelos chiados do rádio em ondas curtas, sobre sequestros, torturas, execuções, desaparecimentos, dos pesadelos com gente ferida sangrando até a morte no meio de alguma selva, cuidei mais do que tudo pra que minha filha recebesse muito carinho, amor incondicional, mas sem mimos e complacência, havia de ser forte, reta e generosa como o pai, e confiei no meu exemplo, que eu achava natural, de cordialidade e delicadeza pra com os outros. Parecia que estava tudo certo, Nora sempre soube fazer amigos na vizinhança e na escola. Mesmo na adolescência tudo correu bastante bem entre nós, sem grandes choques, como os que eu ouvia contar por outras mães aflitas. E por que não havia de ser assim? Mas o que será que aconteceu a partir da entrada na universidade, ou depois, não sei bem? Não foi de um dia pro outro, não houve nenhum fato marcante que pudesse explicar, não que eu me lembre. Por que foi esmorecendo aquele estado de boa convivência e carinho que me deixava tão feliz? A quem deveria ser debitado o desencontro que foi se instalando na nossa relação de mãe e filha até findar naquele estouro horrível por causa da minha recusa a ser avó profissional aqui no Sul? Ou tudo já tinha passado?, um pesadelo e só

    Hoje me parece incrível que eu não tenha respondido às palavras duras da minha filha, que tenha conseguido me manter calada como um peixe até que chegou o fim das férias de Norinha e ela se foi, praticamente batendo a porta, e eu tratando de me convencer de que, quem sabe?, aquilo tudo tinha sido apenas uma ideia que lhe passou pela cabeça de repente, aquele desabafo acusatório todo contra mim, fruto de algum mal-estar, ou a tal da TPM?, e um bocado de fantasia sobre sua infância e adolescência. Já tinha passado, não era a sério, tocar a vida pra frente.

Disse a mim mesma que era só questão de amainar o meu coração e procurar se não havia mesmo um problema comigo. Talvez tudo se resumisse no resultado de todas as minhas frustradas tentativas de fazer outras coisas que gostaria, tendo sempre de ceder a vez pras prioridades dos outros, da minha filha mais que todos. Norinha teria intuído alguma amargura escondida em mim e interpretado confusamente, à maneira dela, agora extravasava daquele jeito. Cheguei a pensar que era a mim que se devia debitar... ninguém me obrigou a ceder... eu devia ter feito tudo ou pelo menos muito do que desejava nesta vida, aceitado o amor do Adalberto, que me esperou por anos, devia ter aceitado ficar um ano inteiro em Paris, mesmo tendo de deixar Norinha com a família em Boi Velho, teria até sido uma boa experiência pra ela, mas não, sempre achei que não podia nada... Quem sabe ainda é tempo de resgatar alguns desejos por cumprir? Vamos lá, amanhã será um novo dia. Vou começar a tricotar a minha nova felicidade, eu me dizia, e é bem provável que eu recupere a boa vontade pra com Norinha e enxergue nos atos e nas palavras dela mais cortesia e amor, as únicas coisas indispensáveis pra viver

Enfim, Barbie, eu me autoajudava como podia
    Eita mulher equilibrada que eu era, naquele tempo! Achava
    Vamos, coragem, que a história só está começando. Vou só um minuto ao banheiro e volto. Não saia daí, viu, Barbie?

Depois de uns três ou quatro dias, de volta ao Sul, Norinha me telefonou: Desculpe, Máinha, que eu fui meio abusada com a senhora, mas é que eu ando nervosa, desejo tanto um filho!, o

Umberto também, é o maior sonho dele, vive me pressionando, mas tudo vai se ajeitar, a senhora pensa com calma, vem aqui nos visitar com mais tempo e conhecer mais as coisas boas da cidade, conhecer gente bacana, quem sabe vai até querer, por si mesma, vir de vez pra cá, eu não vou mais insistir não, juro, fique sossegada... Sosseguei, é claro, eu já tinha até previsto um pedido de desculpas prenunciado pelo presente das uvas.

Qual o quê! Só bem depois foi que eu entendi: ela tinha mudado de tática, resolveu tomar a sopa quente pelas beiradas, fuxicando com parentes e amigos pelas minhas costas, conquistando cúmplices, o principal deles, a doida da Elizete, tão boa que é, mas sem nenhum juízo, deslumbrada com qualquer coisa que não esteja ao alcance dela, metendo-se toda semana em algum salão de beleza sem marcar hora, bem no sábado, quando está lotado e tem de esperar muito tempo, e só diz que está tarde demais e vai desistir quando já leu, de graça, todas aquelas revistas de celebridades internacionais, nacionais e municipais, sempre sonhando com o Sul: Tão mais desenvolvido, Alice, uma gente chique, bonita, sabida, você ia era se dar bem, lá! E eu ia lhe visitar sempre que pudesse. Cada telefonema ou encontro com ela, a mesma arenga.

Um a um, outros parentes e amigos iam jogando essa conversinha, telefonavam, apareciam pra visitar, mais discretos que a Elizete, mas retomando o mesmo assunto uma e outra vez. Só atinei com o que estava acontecendo no fim do ano, nas vésperas de Norinha chegar pras férias de verão, quando Tia Brites me ligou, pra desejar Feliz Natal e berrou, daquele jeito de sempre, de quem se criou com telefone de manivela, toda animada: Quer dizer que está decidido, você vai mesmo se mudar pra Porto Alegre?, eita, menina de sorte! Aí foi que dei acordo da conspiração me cercando, havia meses.

Eu me preparei, pensei que tinha força bastante pra resistir, no dia 1º de janeiro minha filha chegou com o marido encangado, a parentela toda aliciada, e foi um mês inteiro em que eu não podia estar sozinha um minuto, havia sempre alguém vindo de algum canto da Paraíba, do Rio Grande do Norte, de Pernambuco, até do Ceará, especialmente pra visitar Norinha. Eu ali, calada, servindo bolo, sequilhos, tarecos, tapioca, sorvete de cajá, suco de graviola, cafezinho, chá. Há tanto tempo que a gente não via essa criatura, mas que linda está, cada vez mais linda! Aldenor, lá no céu, deve ter o maior gosto nessa filha! E neto pra sua mãe, quando é que vai dar? E você, Alice, já está de malas prontas? A latomia sem fim recomeçava a cada dia, com novas vozes, louvando a beleza de Norinha e do marido, o bom que é ter netos, denunciando os defeitos da vida aqui nessa nossa Paraíba, Ainda tão atrasadinha!, louvando as maravilhas do Sul que eu estaria prestes a conquistar. Essa peitica ia me dando uma gastura!, eu, calada e quieta, só ouvindo toda aquela leseira, aquilo parecendo uma cantoria de incelências na sentinela da minha antiga vida, pra todos eles já defunta.

 Aquela canseira foi me amolecendo, dia a dia, me dando uma desistência, e nem lembro direito se foi a própria Norinha ou sua aliada-mor, Elizete, quem me arrochou num canto da parede: Você vai pra Porto Alegre, sim, e não se discute mais isso, todo mundo vê que é o melhor, é sua obrigação acompanhar sua filha única, só você é que não aceita, parece um jumento empacado na lama, continuar com uma besteira dessas.

 Eu cedi, vergonhosamente. Foi isso. O resto é consequência.

MOVELARIA
NOVEL

SUA FAMÍLIA MERECE O MELHOR.
LIVRE-SE DA FALTA DE ESTILO.

móveis PLANEJADOS

Linha supermoderna, design exclusivo,
tudo em MDF, assistência permanente
para montagem e reparos.

> *Eu teria voltado para casa, se soubesse onde ficava.*
> *Mas como eu não tinha mais certeza sobre coisa*
> *nenhuma, resolvi ficar parado no mesmo lugar para*
> *ver se minha casa acabava me encontrando.*

Daniel Pellizzari

Bastou eu dizer sim e a Elizete assumiu o comando, certamente teleguiada por Norinha, começando por botar etiquetas com preços em tudo o que havia dentro do meu apartamento, separar as minhas roupas que, segundo ela, já estavam indecentes, Aqui ainda vai que você use esses trapos, mas lá no Sul, de jeito nenhum! Tinha coisa, quase tudo, que nem pra brechó de pobre prestava, na sua abalizada opinião. Aos meus protestos ela atacava de perita: pode deixar que de moda entendo eu, vejo todas as revistas, suas roupas são do século passado!

Enquanto ali se desmontavam minha cabeça, minha casa, minha vida, cá no Sul Norinha montava, à maneira dela, ao gosto dela, o que eu havia de ter e ser no futuro próximo. Nas férias de julho ela voltou, Pra resolver de vez o que já está decidido, Mãínha, esvaziar e alugar esse apartamento, aqui no Cabo Branco o aluguel é quase igual, que eu já escolhi outro pra senhora lá em Porto Alegre, ótimo apartamento, num bairro muito bom, já mobiliei e decorei, tudo novo em folha, depois a senhora me paga aos poucos, o que vender aqui vai ajudar, não tem pressa, Vida nova!, essa velharia fica toda aqui e a senhora embarca comigo no fim de julho.

Aí eu finquei pé, Não vou chegar lá nesse tempo de frio, de jeito nenhum!, só se for amordaçada e amarrada numa camisa de força. Até eu me espantei com minha brabeza. Longas negociações, queixas, choros, eu empacada feito uma jumenta velha mesmo. Finalmente ela aceitou que eu só fosse na primavera, Mas logo no primeiro dia da primavera, viu?, nem um dia a mais!, Já vou marcar a passagem, dia 22 de setembro a senhora parte daqui e ponto-final.

Um mês e meio ainda fiquei num limbo, na casa de Elizete, propositalmente emburrada pra ver se ela desistia de sua tagarelice desenfreada sobre as belezas do Sul que nunca tinha visto, e me escondia no quintal, debaixo dos galhos do cajueiro torto que chegavam quase até o chão, agarrada com os poucos livros que escaparam do sebo ou dos caixotes já despachados pra Porto Alegre. Quando Elizete se distraía de sua extremada solicitude pra comigo, como se eu fosse uma doente grave à espera da cirurgia ou do milagre salvador que seria meu transplante definitivo pra Porto Alegre, eu fugia pra longas caminhadas à beira-mar, querendo empapar-me de maresia que limpasse por corrosão aquela raiva que me doía tanto. Ai, que falta me fez a maresia, aqui em Porto Alegre

E eu vim, no dia marcado pelos outros. Fui cedo pro aeroporto, fiz o check-in o mais depressa que pude, deixei Elizete pra trás, ela ao mesmo tempo eufórica e chorosa, meti-me logo pela entrada do embarque onde ela não podia passar. Nem me virei pra acenar. Fiz tudo o que era necessário, recusando qualquer tipo de emoção, entrei no avião, feito um zumbi, o tempo todo, até chegar ao destino, à fatalidade final. Um tempo infindável cortando o país, um voo de João Pessoa a São Paulo, a espera naquelas torturantes cadeiras de aeroporto, feitas pra gente de outro tamanho e feitio, que se eu apoiasse as costas meus pés ficavam balançando bem acima do chão, como se eu estivesse encolhendo, mesmo sem ter tomado nenhum xarope desconhecido feito a minha xará inglesa, a revolta roendo minha vontade, incapaz de sequer abrir o livro que trazia na bolsa, o reembarque em outro avião, primeiros passos da travessia de minha primeira vida a outra vida, que eu não queria.

Fui acordar em Porto Alegre, pelas onze e meia da noite, com uma aeromoça cutucando meu ombro. Quase todos os passageiros já haviam descido e eu nem percebi o fuzuê das chegadas, o empurra-empurra, o perigo das sacolas passando desequilibradas por cima da minha cabeça, a zoada de mais de cem vozes. Alice encolhidinha. Aquele sono todo, eu sei, era minha recusa a chegar. Meu livro estava caído, aberto, no chão, e por pouco lá ficava se um rapaz com cara de trabalhador da construção e fala nordestina não o tivesse apanhado e me alcançado ainda no topo da escada, Foi a senhora que esqueceu isso? Sim, tinha esquecido o livro e tudo o mais. Fiquei parada na escadinha, tentando segurar o livro, agradecer, atrapalhada com as sacolas, a bolsa, o casaco, o povo impaciente atrás de mim, empurrando, eu naquela zonzeira, sem saber bem onde estava.

Levantei os olhos, Aeroporto Internacional Salgado Filho, acabei de descer e acompanhei a manada, com uma pergunta besta na cabeça, Quem será esse tal de Salgado Filho?, que me trazia a lembrança da plaquinha rabiscada em papelão, numa casinha simples na rua detrás da minha, "Salgado frito e assado". Assim fui eu, entre o Salgado Filho e o salgado assado, ao encontro das minhas malas e da minha filha. Minha filha que eu não queria encontrar naquele momento. Mas não havia saída, ou melhor, havia, sim, uma saída obrigatória pra um curralzinho onde ela mais o marido me atocaiavam na cancela. Saí, resmungando sei lá o quê, deixei-me beijar e abraçar, com a sensação de que uma grande arapuca se fechava à minha volta. Está cansadíssima, não é, Máinha?, É isso, sim, filha, cansadíssima, exausta. Palavras mágicas que permitiam me deixar levar, calada, durante quase todo o percurso noturno, que foi como não estar em cidade alguma, através de um desfilar de postes, luzes, portas e janelas, esquinas, todas iguais, a impressão de estar voltando sempre às mesmas ruas.

Quando Umberto embicou o carro num portão, diante de um prédio qualquer daquela cidade nenhuma, acionou um controle remoto e entrou, parando ao lado de uma guarita, encolhi-me ainda mais, Alice diminuindo, diminuindo, no meu canto do banco de trás, de onde fui quase arrancada por Norinha, enquanto um porteiro, alto e louro como todos eles, apossou-se de minha bagagem e até da minha bolsa de mão, pra devolvê-las quando eu já estava acuada num ângulo do elevador. Nem agradeci. Logo um ligeiro sacolejo da caixa de alumínio me disse que havíamos chegado, fechei involuntariamente os olhos enquanto saía, meio empurrada, pra só acabar de abri-los no que me pareceu uma miniatura do saguão de um dos muitos hotéis que ultimamente brotam de um dia pro outro ao longo das praias de João Pessoa, o que me deu a sensação de ter voltado atrás, teletransportada pro ponto errado, porém.

Fui tangida por entre poltronas e sofás brancos atulhados de terríveis almofadas de todos os tons entre o rosa-bebê e o roxo-quaresma, grandes cubos, paralelepípedos, prateleiras, tudo branco ou preto, por cima de um tapete branco e felpudo. Custei a reconhecer, numa prateleira preta, parte de meus velhos livros deslocados e encabulados naquele cenário emergente de novela de televisão, entre coisas impessoais, aqui e ali a mancha cor de jerimum ou vermelho-sangue de algum objeto igualmente geométrico e sem sentido, sem história nem nexo, coisas espalhadas a esmo ou segundo uma intenção inteiramente alheia e incompreensível pra mim. Será que minha filha contratou um decorador modernoso, daqueles que as próprias lojas de móveis "planejados" oferecem? Imagine, Barbie, até um suposto enfeite, de louça, na forma de um peão de jogo de xadrez, branco, enorme, mais de trinta centímetros de altura, estava lá, servindo de apoio pra os livros. Cheguei a rir por dentro da ironia, lembrando-me das aventuras de minha xará, imaginando se aquilo era uma mensagem pra mim. Quem seria a Rainha desse jogo em que eu estava metida?

Assumi, consciente e disciplinadamente, a atitude, que eu já vinha ensaiando havia algum tempo, do ET ingênuo sendo bem recebido por terráqueos benevolentes, muito maiores que ele. Eu continuava a encolher. Engoli, obediente, tudo que estava posto sobre a previsível mesa de pés de aço escovado e tampo de vidro num canto da sala: o chá, as torradas com um doce vermelho que aprendi, naquele momento, a chamar de chimia, a fatia de um queijo de coalho que eles disseram ser queijo serrano, muito especial, trazido de não sei onde por não sei quem, a maçã e o copo de leite morno. Devo ter agradecido, dito que estava com sono, eles devem ter respondido o que lhes cabia, e só fui dar acordo de mim já à meia-manhã do dia seguinte, debaixo de um grosso cobertor, numa cama enorme, num quarto que eu nunca tinha visto, com um toque de telefone desconhecido zunindo no meu ouvido. Bom dia, Máinha querida

Não sei o que disse Norinha nem o que respondi. Devo ter grunhido com bocejos e monossílabos, aos poucos tomando um tom mais amargoso, na medida em que vinha à tona, aos pedaços, a lembrança de todo o meu percurso até aquele quarto sem nenhum caráter, mal reconhecendo minha própria figura, fora de lugar, refletida numa estreita parede coberta de cima a baixo por um incontornável espelho bem em frente à cama. Levantei-me zonza, saí zanzando pelo apartamento, tentando me orientar naquela espécie de tabuleiro, eu, peão movido pela mão de outra pessoa, uma rainha louca com a cara da minha filha passando, num átimo, pela minha imaginação.

Ufa! Cansei você, não foi, Barbie? "Sorry." Estou cansada também, mas embalei na escrita e vejo que minha letra começa a recuperar um traço mais regular. Vou me acalmando desse jeito. Foi bom botar pra fora essa coisa toda, dizer claramente pra mim mesma o que tinha vergonha de dizer a qualquer pessoa, vergonha de dizer o que minha filha fez comigo?, ou da minha raiva, do meu próprio egoísmo?, é egoísmo querer ter minha própria vida? Diga-me, Barbie, você que nasceu pra ser vestida e despida, manipulada, sentada, levantada, embalada, deitada e abandonada à vontade pelos outros, você é feliz assim?, você não tem vergonha?, eu tenho vergonha de ter cedido, estou lhe dizendo, vergonha

Cansei. Foi bom. Até passou o fastio, o que me traz um novo problema, bom problema, concreto e imediato: estou com fome. Vou deixar você descansando aqui mesmo, Barbie, buscar o que comer, sair pra rua

Mas não pense que acabei. Só comecei, acabei não

> *... o telefone foi inventado para afastar umas pessoas das outras.*
>
> Gonçalo M. Tavares

Desculpe, Barbie, não lhe dei bastante tempo pra descansar, que eu mesma não quero descansar, eu quero é entender ou desistir de entender de uma vez por todas. Escrever pra entender ou esquecer. Bem que me tinha levantado desta mesa com a intenção de começar a normalizar a vida, tipo procurar o cartão do banco, que não foi difícil de achar, tão organizadinha que era a ex-professora Poli!, passar no caixa eletrônico, pegar um dinheiro, ir ao supermercado, fazer as compras básicas, Milena deve vir depois de amanhã e vai querer seus materiais de limpeza que já não há, encher a despensa com o essencial pra voltar a viver com alguma ordem, fazer um almoço decente.

Vesti uma roupa qualquer, mas limpa, o par de tênis brancos novos, que os velhos estão imundos, nojentos e cambaios dos quarenta dias de andanças ao léu, meti o cartão na bolsa, desci pelo elevador de serviço, sem saber por que até perceber que não queria enfrentar o olhar interrogativo do Seo Jerônimo. Espiei, ele não estava na portaria, saí sorrateira pra rua sem passar pelo saguão. Eu nem conheço este bairro de onde fugi, mal tinha chegado, nunca morei aqui de fato, arrisquei virar pra esquerda onde parecia haver mais movimento, andei três quadras até achar um caixa, peguei dinheiro, mas logo desisti das compras, demoraria muito e, carregada de sacolas, ia ficar mais difícil escapar do encontro com o porteiro. Além de que não quero cozinhar nem nada, não quero pôr ordem nas coisas, quero pôr ordem em mim, quero mesmo é escrever. Milena que me desculpe se até a chegada dela eu não for comprar nada. Ela que vá.

Virei uma esquina e fui mais duas quadras além, recusando-me a pedir informações, procurando a esmo algum restaurante a quilo barato. Fiz o prato rápido, rotineiro, arroz, feijão, colherada de farofa, bife à milanesa, um bocado de salada, um suco indefinido e ainda virei uma xicarazinha daquele abominável café grátis de garrafa térmica. Nem estava me importando. Acho que engoli quase tudo sem mastigar direito, ainda me pesa no estômago, com uma urgência de voltar logo pra escapar da tentação de continuar em frente, pela rua, qualquer rua, retornar à maluquice dos meus quarenta dias de vagabundagem, ir de novo à procura do Cícero Araújo, de um Cícero Araújo, do Arturo, da Lola, do Seo Galo, do Giggio, da Catarina, da família do morto, de um qualquer

E pronto, estou aqui de novo, ninguém me viu, o porteiro deve estar ainda fazendo sua sesta clandestina em algum canto do prédio e me sinto mais segura assim, quando ninguém me vê, invisibilidade defensiva que aprendi nas ruas. E vamos lá, Barbie, prefiro você que certamente não vê nada, com esses seus olhos de tinta e papel, tenha paciência comigo

Agorinha mesmo, assim que entrei de volta nesta gaiola alvinegra que minha filha armou pra mim, arranquei da tomada o fio do telefone, sem pensar, pra continuar invisível? Tenha paciência, Barbie, que vou contar tudo, sem escamotear nada, preciso!, contar tudo custa tempo, tim-tim por tim-tim do que me ficou na memória, que muito deve ter-se perdido na poeira e na zoada das ruas. Tem de ser, sem ninguém me interromper, é assim que eu quero. Volto àquela primeira manhã em Porto Alegre, ainda a primeira manhã

Pelo jeito você vai precisar de muita pachorra, "poor girl"

Meu primeiro despertar em Porto Alegre, sem noção de que horas eram, acordada no susto pelo telefonema de Norinha, eu tentando me orientar na geografia deste apartamento, procurando pelo banheiro e desembocando na cozinha, depois num segundo quarto onde, horror!, dei com uma pirâmide de caixas de papelão fechadas, chegando quase até o teto. Você mesma estava abafada lá dentro de uma delas, Barbie, desculpe o incômodo. Só então me lembrei de que havia um banheiro lá pra dentro do meu quarto, que não é apenas um bom e simples quarto, bem que a Elizete não cansa de dizer que eu estou ultrapassada, antiquada!, é uma suíte!, tal qual nos volantes de anúncio de empreendimentos imobiliários que me impingiram pelas esquinas e também vieram acabar aqui na mesa da cozinha, carregando no verso minhas anotações, casuais, descabeladas e muitas vezes ilegíveis. Ah, meu apartamento velhinho, sem suíte, no Cabo Branco! Com certeza se tivesse suíte eu não tinha conseguido comprar. E nem queria

Naquela primeira manhã, sem coragem de decifrar os armários e eletrodomésticos desta cozinha metida a besta, eu, ainda de camisola e roupão, à mesa do canto da sala, preguiçosamente acabando de recuperar como café da manhã os restos do lanche da madrugada que ficaram largados ali, bolo, torradas amanhecidas, chimia, queijo serrano, chá frio, ouvi barulho de chave na fechadura e me assustei. Norinha, pelo visto agora detentora não só das "rédeas do meu destino", mas também da chave da minha moradia e do meu cardápio, que vinha na forma de uma quentinha com um almoço, Bem paraibano, viu, Máinha, pra você ir se acostumando aos poucos... a quentinha equilibrada entre montes de sacolas de compras, Pra abastecer a despensa de minha Máinha adorada, que vai ser tratada como uma duquesa pela sua filhinha preferida!, meteu-se diretamente na cozinha, Que tive de fazer malabarismos pra conseguir passar no supermercado e trazer suas compras, depois a gente acerta, não se preocupe com isso por hoje, vou ter de sair correndo que este dia da semana é sempre pesadíssimo na universidade, às vezes não dá tempo nem de fazer xixi.

    Supus que diante de tanto sacrifício e dedicação eu deveria me derramar em agradecimentos, segundo as expectativas dela, e por isso mesmo tratei de entupir logo a boca com um pedaço do tal queijo que eu nem queria. Aquele "duquesa" ficou soando nos meus ouvidos, com ressonâncias sinistras... será que o cardápio incluía pernil de porco assado, ou o tal neto, motivo de me arrastarem pra cá, ia espernear e grunhir nos meus braços como um leitãozinho, aquele da duquesa da história? Você leu "Alice no país das maravilhas", Barbie?, leu nada! Você deve ser analfabeta de pai e mãe, não entende essas coisas que eu digo. Deixa pra lá, eu estou dizendo pra mim, pra ninguém

    Fiquei calada, só olhando, com a boca cheia, o naco de queijo grande demais, difícil de mastigar e engolir, como todo o resto que havia tempos já vinha entalado na minha garganta. Nem era preciso dizer nada, porque ela perguntava e respondia em meu nome, gritando aqui da cozinha, enquanto desensacava os pacotes e escondia as coisas atrás de sei lá qual dessas dezenas de portinhas brancas por cima desses azulejos pretos, Tá gostando do apartamento, Máinha?, Tá adorando, aposto, "clean", tudo novo, próprio pra começar uma vida nova, fácil de limpar... Não é uma delícia acordar assim, livre de compromissos, com o dia inteiro pela frente pra fazer o que quiser, sem ter de dar satisfação a ninguém? Tá se sentindo como um passarinho pronto pra voar, né não, Máinha? Vai fazer o quê, hoje?, Já sei, nem vai dar bola praquela ruma de caixas fechadas no segundo quarto e vai logo dar um grande passeio, respirar o ar da primavera!, sabe que aqui tem primavera mesmo, Máínha?, de verdade, com as folhinhas verdes e flores brotando e tudo, não é que nem na Paraíba, onde tem folha e flor o ano todo e a primavera não tem graça nenhuma, é só uma data na folhinha, aqui não, é primavera mesmo, tem toda a razão de sair logo pra aproveitar esse momento, o que tá nas caixas depois a senhora ajeita, tem tempo

Eu, pasmada, sentada lá no mesmo canto, ouvindo, misturado ao chiado de papel celofane amassado, claques de portas se abrindo e fechando, aquele falatório dela, com a toada paraibana de volta. Autêntica ou forçada pra me domesticar melhor? E por aí foi, Norinha perguntando e respondendo por mim, até esvaziar a última sacola, bater pela última vez todas as portas e gavetas dos armários, da geladeira. O almoço é só esquentar no micro-ondas, viu, Máínha?

Não tive de dizer quase nenhuma palavra, mas o desgosto de saber que ela tinha a chave pra entrar no meu esconderijo quando quisesse me fez acabar de engolir o tal queijo, quase engasgando, e pedir-lhe emprestada a duplicata das chaves, Pra eu mandar fazer mais uma cópia que vou precisar pra faxineira. Ela me olhou desconfiada, Mas faz logo e me dá de novo, tá, Máínha?, que fico mais sossegada, a senhora aqui sozinha... Daí foi só aceitar na testa o beijo de raspão daquele pé de vento tagarela que, enfim, pra meu alívio, saiu pela porta afora. Por via das dúvidas girei a cabeça em busca de chaves e vi mesmo um chaveiro enorme que antes não estava ali na mesinha do telefone, junto à porta de saída, onde você foi morar depois, Barbie. Desconfiada, lembrando-me de minha xará, de que as chaves nem sempre são o que parecem e podem estar muito além de nosso alcance, tive vontade mas não ânimo pra levantar-me e ir verificar se fechavam e abriam mesmo aquela porta.

> *Desculpem minha narrativa prolixa, minha cabeça está cheia de lembranças embaralhadas. Não tenho intenção de escrevê-las, elas é que vão brotando por conta própria.*
>
> Mo Yan

Fiquei lá, Alice diminuindo mais ainda, imprensada entre a mesa e a parede, nem sei quanto tempo, tentando me convencer de que ela não se meteria mais de surpresa pela porta adentro e sabendo que pra rua eu não ia, como queria minha filha, e não ia mesmo só porque era isso que ela tinha ordenado. Não ia, não!, de birra, sem nenhuma ideia nem vontade de fazer nada, a não ser andar pra um lado e outro naquele tabuleiro de xadrez, minhas pernas dissipando a energia acumulada pela raiva, olhar as malas ainda fechadas, as portas desses armários da cozinha, fechadas, a pilha de caixas fechadas e, de relance, a minha cara fechada refletida na enorme televisão da sala, em outra menor, no quarto, nos vários espelhos e vidraças espalhados por aí. O almoço ficou aqui, esfriando, no balcão da cozinha, até o anoitecer. Daí engoli aquilo frio mesmo, enquanto deixava o telefone tocar, tocar, tocar até desistirem. Só então despi a camisola, passei debaixo do chuveiro da minha suíte, enfiei-me novamente na camisola, apaguei todas as luzes e fui me sepultar debaixo do cobertor, por horas, curtindo a revolta, no escuro, a raiva aos poucos arrefecendo até que adormeci com um sentimento estranho, mistura de espanto e arrependimento daquele meu comportamento tão esquisito, meio infantil, caprichoso, tão diferente do que eu sempre tinha sido.

Devo ter lutado a noite toda comigo mesma, entre sonhos e pesadelos, e a sensata professora Póli acabou vencendo, pelo menos provisoriamente, porque acordei logo cedo, disposta a deixar pra lá o ressentimento, ser realista, encarar as coisas como eram agora, como gente grande, voltar ao meu tamanho normal, pulei da cama, me vesti decentemente, explorei as provisões que Norinha tinha deixado, fiz e tomei meu café, e danei a desmanchar malas e pacotes, a encher gavetas, prateleiras e cabides, tudo muito bem-arrumado, metodicamente, pensando só naquilo que tinha concretamente diante de mim, esquecida, ou fazendo de conta que esquecia?, de todo o resto. Pronto! O que não tem remédio remediado está, de nada serve chorar sobre o leite derramado, o melhor é engolir o sapo, tirar o cavalo da chuva que é aqui mesmo que vou ficar e tocar a vida pra frente, eu repetia, que úteis são, em certas horas, as frases feitas!, dobrando roupas, carregando livros, botando ordem fora e dentro de mim, pensava. Nada como a luta contra o caos material pra fazer a gente pôr os pés de volta no chão, lidar com objetos concretos é uma boa terapia pros males da alma, filosofei no meu novo estilo autoajuda. Eu me esforcei, de verdade, pra relevar a forçação de barra que tinha sofrido, aceitar o irreversível, levar as coisas sensatamente como sempre achei que fazia, eu me esforcei, "I swear", Barbie. Um dia ainda escrevo um livro de autoajuda inútil, mas é importante lembrar que eu tentei

Pesquisei nos armários da cozinha, achei o que precisava, fiz um almocinho, pus toalha, louça, talher, aqui mesmo nesta espécie de mesa sem pernas, de pedra preta embutida na parede, e comi com certo gosto depois de não sei quanto tempo de fastio. Meia hora de sesta e logo 'mbora continuar a abrir caixas, tirar os livros e algumas peças de louça, quadrinhos e outros pequenos badulaques de estimação que eu tinha conseguido salvar de Elizete, arrumar meus teréns, até ficar exausta.

Norinha ligou, que, Ai Máínha!, não podia vir me ver, tinha coisas urgentes a resolver, o trânsito estava péssimo, que eu desculpasse, ela queria tanto estar o tempo todo comigo! Tudo bem, minha filha, que eu estava também muito ocupada, adiantando o mais possível minhas arrumações, até melhor e mais rápido fazer isso sozinha. Quando a Elizete não aguentou esperar pelas notícias da minha chegada triunfal a Porto Alegre e me telefonou no fim da tarde, foi isso que eu disse pra ela também, sem deixá-la encompridar a conversa. E eu achava mesmo que era verdade, Tudo bem, tudo ficando em ordem, vida pra frente. Se eu adivinhasse... vai vendo

De noitinha foi a vez de Umberto me chamar, A melhor sogra do mundo está contente? Gostando da casa? Trilegal a decoração que Norinha fez, não é? Bah! Eu é que nem estou podendo aproveitar da sua presença tão esperada, afogado em coisas urgentes na universidade e não consegui passar por aí... Bah!... a gente queria ir agora à noite, mas não vai ser possível, infelizmente. Falou mais umas coisas, pontuadas por aqueles vários bahs dele, que eu não entendia bem o que queriam dizer e pareciam servir pra qualquer coisa

Desliguei, aliviada, que não estava mesmo querendo nenhuma visita deles, no fundo, com um medo de que eles me dissessem ou fizessem alguma coisa que me desaprumasse de novo, contente de estar me sentindo mais ou menos normal, um bocado de arrumação já feita. Larguei-me no sofá branco, apoiei meus quartos doloridos nas almofadas, sem nem reparar na cor delas e, pela primeira vez, liguei a enorme televisão, fiquei lá olhando sem prestar atenção e acabei caindo no sono ali mesmo, até de madrugada. Acordei assustada e troncha, fui pro quarto de pernas bambas, ainda tomei uma chuveirada, vesti a camisola, fui pra cama e dormi até quase as nove da manhã.

Naquele meu terceiro dia na vaga cidade pra onde me transplantaram à força, acordei com uma ventania atravessando o apartamento. Tinha adormecido sem me dar conta de que tinha deixado janelas abertas por toda parte, aqui, num segundo andar, à altura das árvores da rua, folhas secas, poeira e até um papel de bombom, tudo revoando pela sala a caminho da cozinha e dos quartos ou enleando-se no tapete branco felpudo. Corri a fechar as janelas e fiquei olhando, esmorecida, pro cenário de novela agora todo empoeirado. Fácil de limpar, aquilo? Que ideia de Norinha! Nessas superfícies brancas e pretas, lisinhas, qualquer cisco chama a atenção como um farol. Achei uma vassoura, varri como pude, passei um pano onde deu e desisti de subir em alguma coisa pra limpar as prateleiras da estante altas demais pra mim ou de ficar ajoelhada catando as folhinhas e pelos agarrados ao tapete.

Fui preparar e tomar café com saudade dos meus velhos móveis, por onde andarão eles?, "who knows", Barbie?, com entalhes que acomodavam confortavelmente alguma poeira sem dar a impressão de sujeira, saudades de meu antigo chão de cerâmica fresca pra se pisar descalça no calor, sem tapete nenhum pra empatar a limpeza. Mas eu me dizia, firme, Não recomece a se lamentar, Alice, coisa mais chata gente que vive com pena de si mesma!, você precisa é apenas arranjar uma faxineira que venha pelo menos uma vez por semana e se acostumar a fechar as janelas, ainda mais que, se eu ia ter o cargo de avó em tempo integral, não queria ocupar o pouco tempo que me sobrasse pra ficar limpando casa. Tinha de haver, na cidade que se estendia pra lá dessas janelas, alguma coisa que eu fizesse livremente, por meu próprio gosto, sem obrigação, sem necessidade, sem ninguém se meter

Chega por hoje, não é, Barbie? Estas páginas, até agora, e já são muitas, foram só o aquecimento, visse? O jogo pra valer ainda não começou, mas minha mão está dolorida, o raio do computador desacostuma os dedos de segurar a caneta, ou é a artrose chegando?, fim da competente professora de meia-idade?, já ninguém mais diz isso, meia-idade, fica-se jovem até ser promovida a velha avó, mesmo sem netos, e olhe lá! A idade adulta sumiu, comprimida entre a juventude esticada até o limite do indisfarçável e a tal da melhor idade. Melhor só se for pra você, Barbie, que já tem quase sessenta e fica sempre igual... Vai ver que é por isso que tem tanta velhota por aí vestida de Barbie. Eu, quase com a mesma idade que você, nem tento disfarçar. Velhice e caduquice também não existem mais, é terceira idade, idoso e Alzheimer... Engraçado essa história das palavras antes tão comuns que a gente, de repente, percebe perdendo a serventia, meia-idade, solteirona, amasiada, quem diz isso hoje em dia? Até marido... viúva, então, nem se fala! É solteira... toda mulher sem homem próprio agora é solteira. Quando eu estiver sem fazer nada, só olhando meu futuro neto dormir, vou catar e fazer o meu dicionário de palavras aposentadas, né, Mario Quintana?, ao longo da minha vida... as palavras que sumiram de repente... tem de tudo: já reparou, Barbie, que ninguém mais "calça" os sapatos ou as meias e nem "veste" a camisa, a calça, o vestido? Todo o mundo agora só "coloca" seja lá o que for, onde for... ninguém mais "ouve" nada, só "escuta", inclusive "escuta, de repente, um ruído"... como se pode escutar sem querer ouvir, Barbie?, pela sua cara acho que você também não sabe a diferença... ninguém mais "diz" nada, só "fala". E como fica o dito "fala, fala e não diz nada"? E as palavras reformadas, que nem o verbo "rolar" que substituiu o "acontecer"?, tudo rola, festa, namoro, casamento, aula, prova, emprego. Vão entender se eu disser que rolei uma escada ou ladeira, ou terei de dizer, perdão, Barbie, de falar que "aconteci" ladeira abaixo? Chega de escrever qualquer coisa, ainda mais que você não dá a mínima pro que eu estou dizendo. Você só sabe inglês, não é?, ou nem isso? "Good night, Barbie."

Vou tomar o resto do leite com bolachas, que mais não preciso, aquele almoço ainda está conversando com meu estômago, ligo a televisão, me atiro no sofá, do mesmo jeito que o resto do Brasil, me entrego à leseira das péssimas notícias escolhidas a dedo e da novela pra me dar sono. Estou voltando ao normal?, devagarinho, afinal

QUANT.	DISCRIMINAÇÃO	VALOR R$
	0 * OUT 2012	
	• REFEIÇÕES	
	•	
	•	
	•	
	•	
	•	
	• CERVEJA	
	• CHOPP	
1	• REFRIGERANTE guaraná	3,50
	• SUCO	
	• ÁGUA	
	• DOSE	
	• CAFÉ	
	• PORÇÃO	
2	• SALGADO coxinhas	7,00
	• SOBREMESA	
	•	
	•	
	•	
	• P/ VIAGEM	
	TOTAL R$ →	10,50

Estou com a impressão de que o mundo começou a funcionar em voz baixa e em câmara lenta.

Ricardo Lísias

"Good morning, Barbie", sabe que até deu pra dizer isso com certa naturalidade? Bom encontrar você de novo aqui, a caneta, a possibilidade de continuar nesse limbo tranquilizante da escrita desenfreada. A verdade é que esta noite dormi quase normalmente. Ontem cochilei no sofá, logo que começou a novela, mas acordei assim que entrou o primeiro intervalo comercial, com vários decibéis a mais, como sempre, pra gente ouvir, lá da cozinha ou do banheiro, os gritos ameaçadores de Promoção arrasadora, Só amanhã! e outras agressões que, não sei por quê, eles acham que vão fazer a gente sair correndo pra comprar qualquer troço. Levantei-me, passei pelo chuveiro, fui pra cama e adormeci sem pensar em mais nada. Acabei de acordar, do meio de retalhos de sonho, confusos mas sem angústia, em que se misturavam figuras desconhecidas, outras, de minha antiga vida, e várias das que haviam povoado meus quarenta dias gaudérios. Viu como estou aprendendo a falar gauchês? Aprendi na rua, gostei e passei a pensar-me com esta palavra, gaudéria, vagabunda, vira-lata como eu estava e ainda

    Enfim, acordei quando a claridade já se metia pelo quarto, e agora me espere um pouquinho enquanto eu rapo o resto que há pra comer aqui, umas uvas-passas, o fundo do pacote de bolachas, um copo quase cheio de leite e mais um pouquinho do café solúvel endurecido. Desta vez vou pelo menos esquentar o leite. Ainda bem que sua boca nem se abre e você nunca come nada, porque não ia dar mesmo pra nós duas. Vou ter de comprar comida, não tem mais jeito, mas é muito cedo e ainda quero escrever um bocado de coisa que já está fervilhando na minha cabeça

Ah, pois, Barbie, que inocência a minha ainda naquele meu terceiro amanhecer sulino!, começava, aos pouquinhos a tomar conta do apartamento, ou a deixá-lo apropriar-se de mim?, mas a cidade lá fora, suas virtudes e vícios, continuava a ser apenas uma claridade vaga salpicada de pontos de luz esparsos, a nebulosa que eu tinha atravessado, zonza de sono e revolta, encolhida feito bicho maltratado dentro do carro de Umberto. A sujeira trazida pela ventania tinha me lembrado de que eu precisava de uma faxineira, não queria perguntar nem pedir nada a Norinha, achei que o porteiro é que me podia arranjar alguém, melhor resolver aquilo logo.

Saí pela primeira vez pela porta deste apartamento e desci, o porteiro estava lá na guarita, não era o mesmo que eu tinha visto vagamente na noite da chegada, era o do turno do dia, muito branquinho também, mas não tão alto quanto o outro. Me apresentei, Sou a nova moradora do 202, Seo..., tentei ler o nome no crachá, com meus óculos de ver de longe, mas não entendi, ... como é seu nome, por favor?, me chama de Jerônimo, como todo o mundo aqui. No papel é Girolamo, em italiano, mas Jerônimo é a mesma coisa. Expliquei que precisava de uma diarista, devia haver muitas trabalhando no prédio, se podia me indicar uma delas... Perfeitamente. Aquela única palavra bastava pra marcar a diferença, o "meeen" se alongando, em tom ascendente, o "t" e o "e" pronunciados com precisão, saídos diretamente da carta do abecê, nunca que eu ia falar daquele jeito. Com certeza, conhecia várias diaristas, ele ia ver quem tinha dia livre e mandava subir lá no meu apartamento. Perguntei sobre a diária, era um tanto mais cara que na Paraíba, se traziam almoço ou se era preciso dar-lhes refeição, se também costumavam lavar e passar a roupa, horários, enfim, tentei saber quais os costumes daqui. Não queria errar, parecer ignorante e muito menos me deixar explorar quando a mulher aparecesse.

Subi de volta, confiante, tinha tomado minha primeira iniciativa, depois de tanto tempo, e isso fazia sentir-me melhor. Abri mais umas caixas e arrumei o conteúdo. Fiz almoço direitinho, limpei a cozinha, tomei uma chuveirada e fui pra sagrada sesta de uma vida normal, li umas páginas de uma revista apanhada no avião e, como sempre, cochilei logo.

Acordei com uma campainha estranha, custei um pouco a identificar o interfone tocando aqui na cozinha. Era o porteiro dizendo que uma mulher estava subindo pelo elevador de serviço, diarista, tinha dia vago pra mim. Imediatamente ouvi bater à porta da cozinha, abri e dei com uma mulher alourada, bem mais nova, mais corpulenta e mais alta do que eu, que respondeu ao meu Boa-tarde com um resmungo, enquanto me olhava de cima a baixo. Então, tudo bem?, eu sou Alice, e você, como é seu nome?, entre, por favor. Ela disse É Sabina, mas não se moveu do lugar. Insisti, Entre. O olhar azul-acinzentado percorrendo-me de novo, Não precisa, não, senhora. Fiquei ali, meio sem jeito, à porta, ela parada do lado de fora, eu sem querer insistir mais, deve ser o costume daqui ou está apressada, pensei. Ela calada, desatei a falar, meio precipitada, uma pergunta emendada na outra, tentando parecer que achava tudo normal, Então, você poderia me ajudar como diarista, pelo menos uma vez por semana?, qualquer dia da semana está bem pra mim, a diária Seo Jerônimo já lhe disse?, está bem pra você?, dou a condução por fora, o serviço não vai ser pesado, que moro sozinha, você lava e passa também?, roupa de uma pessoa só, é pouca coisa, quando pode começar? Ela demorou a responder, olhando pra mim, a cara inexpressiva. Repeti Então, que dia pode ser? Finalmente abriu a boca, É... não vai dar certo pra mim, não, senhora. Achei que tinha entendido a hesitação dela, É a diária que não está agradando? Diga quanto costuma receber e a gente se entende sobre isso. Não é a diária, não, é que eu estou mesmo sem dia livre, tenho faxina todo dia. Aí quem ficou calada, olhando pra ela, sem entender nada, fui eu. Ela consultou o relógio no pulso, pra disfarçar a estranheza da situação?, Bom, já vou, e foi apertar o botão do elevador, sem mais... Fiquei à porta, esperando, abestada, o elevador não chegava, até que ela tomou o rumo da escada e sumiu. Demorei um pouco pra descobrir que bastava tirar o interfone do gancho, esperar uns segundos, que tocava na portaria. Depois de meio minuto, o porteiro atendeu, Seo Jerônimo, não entendi, a Sabina disse que não tem tempo, não vai ficar comigo... por entre pigarros, sons de porta batendo, buzinas de carros, ouvi a resposta, ele já sabia, Ela passou agora mesmo por aqui e já me disse, mas não se preocupe, que a gente arranja outra pra senhora.

 Deixei a coisa por conta de um mal-entendido qualquer e voltei aos meus pacotes e gavetas. No fim da tarde estava cansada, mas em paz, resolvi que já era hora de comer um jantarzinho leve, acomodar-me no sofá e dedicar-me ao livro que estava ainda me esperando na sacola de viagem, e só então percebi que Norinha não tinha mais dado notícia e, em seguida, me dei conta de que eu ainda não tinha visto a casa da minha filha, nem sido convidada pra ir lá, nem ouvido falar nisso. Estranhei. Mas naquela hora não estava a fim de ver mais problema em nada, precisava era de um descanso, meter o nariz nos problemas dos personagens de Elvira Vigna e deixar os meus pra depois.

 Fez-me bem retornar à minha rotina de ler até tarde, vestir a camisola e enfiar-me na cama com os olhos já se fechando.

Pensando bem, Barbie, parece que a rotina de escrever é o que agora está mesmo me fazendo bem, mas acho que tenho de parar com isso um pouco. Preciso comer direito, e não é justo que a pobre da Milena, com quem estou em dívida moral e financeira, amanhã, quando chegar, ainda tenha de ir fazer compras no supermercado. Vou tomar coragem, me visto, saio, passo de novo no caixa eletrônico, pego o suficiente pra acertar com a Milena todas as diárias desses quarenta dias em que eu endoidei, mas ela permaneceu sensata. Vou fazer uma feira, um almoço, tratar de voltar a me comportar

Um pouco de folga pra você, Barbie, mas não pense que vai voltar pra moleza de sua vidinha de boneca, não, que o pior ainda está por vir.

> *Puxar ruas pelos olhos, ver vidas e dobraduras,*
> *esquinas e vias, altos e baixos. Gosto da ideia de*
> *estar com a vestimenta interna de uma cidade*
> *noutra cidade. Estar nas beiradas, por assim dizer.*
> *E estar rente a dar um passo pra o improviso.*
>
> André Ricardo Aguiar

Pronto, "my friend", viu que promovi você a "friend", Barbie? Saí andando, pensando em tudo o que ainda preciso escrever pra não sentir mais aquele frio na barriga, aquele aperreio que me dá quando me vejo de novo na rua, como se ela me agarrasse e não me quisesse mais largar, arrastando-me, rua-rio de novo. Mas consegui, fiz tudo o que havia planejado, voltei carregada de sacolas sem a dificuldade que sentia antes, apesar do sol e do calor que faz hoje. Acho que meus quarenta dias de loucas andanças me tornaram uma atleta. Só não tive ânimo pra desempacotar e guardar. Ficam as sacolas ali no chão, ao pé dos armários, até eu ter pachorra pra isso, ou a Milena

Nada mal a comidinha que fiz, comi até com gosto, larguei a louça suja na pia, pra lavar depois, puxei você e todo o restolho da minha quarentena que tinha ajuntado no canto da parede pra poder pôr o prato, e agora cá estamos, toca a escrever de novo pra ajudar a digerir não só o almoço, mas tudo o mais que ainda está embolado nas tripas da minha memória. Mas vamos em frente, Barbie, com as minhas histórias, pra ver se saio das preliminares e entro logo na partida decisiva.

Meu quarto dia em Porto Alegre começou auspicioso — auspicioso?, gostou da palavra, Barbie?, acho que nunca a usei antes —, acordei na minha hora normal, a de antes da derrocada, às sete da manhã saltei da cama toda animada, fiz café e tomei rapidamente, com o plano agradável de começar a pôr uma ordem lógica nos livros que estavam enfileirados de qualquer maneira nas estantes pretas. Tenho a mania de reler ou pelo menos folhear livros que já li, quando são evocados por um trecho qualquer de uma nova leitura, ou a voltar aos primeiros livros do autor que agora leio, e gosto de saber exatamente onde estão. Trabalhei nisso por quase uma hora, devagar, folheando quase todos os livros, relendo ao acaso, ou ao sabor das marcas de grafite nas margens, parágrafos, páginas, sempre com prazer porque só conservo os livros de que gosto muito e sei que vou querer reler, o resto vai pro sebo, em troca de outros, já que meu dinheiro sempre foi curto pra matar minha fome de literatura com livros recém-lançados e em meu antigo apartamento não tinha espaço pra acumular os que não tinha intenção de abrir de novo. Enfim, estava contente fazendo isso, quase a antiga Alice, saindo do buraco, e só parei porque ouvi tocar o interfone.

Dona Alice, estou mandando aí pra senhora uma diarista que, essa sim, a senhora vai gostar demais e tenho certeza de que ela vai ter tempo e querer lhe servir, vão se dar bem, que ela é brasileirinha, assim como a senhora. Agradeci e fiquei ali parada com o interfone na mão, esquecida de desligar, intrigada com aquilo, brasileirinha feito a senhora?, que conversa era aquela? Bateram à porta da cozinha, abri e entendi na hora, porque diante de mim estava uma mulata bonita, cheia de corpo, com um sorriso aberto, É Dona Alice, é?, e já foi entrando, essa simples frase me confirmando que aquela ali também vinha de bem pra lá do Trópico de Capricórnio, brasileirinha feito eu! Milena era da Bahia, podia vir, sim, um dia por semana, tudo certo, se eu quisesse podia começar hoje mesmo que ainda era cedo, pra ela estava tudo bom, diária, o serviço maneiro, já estava gostando de mim, pôs logo mãos à obra e danou a limpar os vestígios da ventania da véspera.

Eu, no fundo contente de ter companhia da minha própria espécie, passei o dia andando atrás dela, perguntando, e Milena aos poucos me contando a vida, como tinha vindo parar ali. O marido, bom sanfoneiro, veio trazido pelo gaúcho, dono de uma rede de churrascarias em tudo quanto é canto do Nordeste, com a ideia de abrir também uma rede de casas de forró, a começar por aqui. No início a coisa pareceu que ia dar certo, Atílio, o marido, feliz de largar a enxada e fazer do divertimento uma profissão, um salário certo só pra tocar sanfona!, a carteira ia ser assinada logo que o negócio começasse a dar ganho, gostou, quis ficar, mandou chamar a mulher e os dois meninos pequenos, uma casinha jeitosa numa vila tranquila lá pro lado da Lomba do Pinheiro. O terceiro menino já nasceu aqui. Passado um ano, nada de assinarem a carteira, mas eles confiando, Atílio tocando toda noite na antiga churrascaria reformada pra virar casa de forró, com estátua de Lampião e Maria Bonita na porta e tudo, conforme o entendimento que o dono tinha do que seria estilo nordestino, já funcionando e começando a ter um movimento bem bonzinho, havia vários meses. Que dava lucro, dava, era só ver a freguesia crescendo, mas o homem queria mais e, depois de um ano e meio, resolveu que um sistema de alto-falante e um toca-discos qualquer pra gaúcho dançar forró estava bom demais, não sabe?, não precisava esse luxo de conjunto de forrozeiro pé de serra ao vivo. Atílio dispensado, sem carteira assinada, sem direito nenhum, nem dinheiro, que o patrão disse que ele ainda estava devendo o dinheiro das passagens dele mesmo e da família, da Bahia até aqui, longe pra burro!, ficava por conta de indenização. O triângulo, a zabumba e o pandeiro, jovens e solteiros, se mandaram pra outro lugar. Mas Atílio, com a família toda aqui, pensou que podia se ajeitar sem voltar pra roça pobre lá em Jeremoabo, arranjar outro serviço, procurou, de sanfoneiro não achou, que aqui já tinha gente demais tocando a gaita deles de outro jeito pro qual ele não servia, encostou o fole num canto, outro serviço não veio e em poucos meses esmoreceu, o que veio foi a cachaça, a novidade do vinho barato, a casa ajeitadinha alugada no primeiro ano abandonada por um barraco de favela, Na vila Pinto, mas é favela mesmo, aqui favela se chama vila, não sabe?, a sanfona vendida por um nada pra saldar dívida de bebida, a raiva descontada na mulher, Milena dando duro pra botar feijão na panela, no começo conseguiu um pouco de trabalho substituindo uma vizinha doente numa cooperativa de separação de lixo pra reciclagem, mas o trabalho era estranho demais pra Milena, criada na roça, e a vizinha ficou boa, retomou seu lugar mas lhe ofereceu uma faxina pra uma antiga patroa. Aos poucos foi arranjando mais serviço como diarista, alimentando a família e apanhando todo dia em casa, calada, com pena daquele homem, antes tão carinhoso e alegre, agora virado no Cão, mas não era ele mesmo, não sabe?, era o álcool, por isso ela rezava e aguentava, até que ele sumiu no mundo.

Milena nem pensou em voltar pra Bahia, fazer o quê lá?, as passagens uma fortuna. Tocou a vida e acabou arranjando freguesas pra semana inteira, a maioria brasileirinhas como nós, não sabe?, deu até pra voltar lá pra Lomba do Pinheiro, muito melhor pras crianças, os meninos bem ajeitadinhos na escola, o menor na creche, dei sorte, coisa boa, bem organizada por umas freiras muito dedicadas. Nunca mais faltou trabalho, só tinha uma vaga pra mim, agora, porque uma das patroas estava aqui pra estudar, tinha acabado a tese e voltado pro Recife. A história era dura, mas Milena contava devagar, sem aperreio nem raiva, entremeando a fala com seus "não sabe?" e risadas que me faziam rir também, de novo, depois de passar tanto tempo emburrada. Nosso almoço, as duas juntas aqui na mesa da cozinha, demorou mais do que o costume pelo gosto da conversa se alongando.

No meio da tarde, quando Milena acabou, deixando tudo um brinco, nem pensei duas vezes: dei-lhe as chaves do apartamento, Pra quando eu não estiver em casa na hora em que você chegar. Paguei, ela se foi correndo pra pegar o ônibus antes da hora do maior aperto, eu já tinha uma amiga em Porto Alegre e me sentia especialmente bem. Afinal, a vida aqui até podia

> *... tão de repente que Alice nem teve tempo de tentar parar antes de despencar no que parecia ser um poço muito fundo.*
>
> Lewis Carroll

Voltei, Barbie, não se faça de cansada, eu vou continuar a escrever agora mesmo que, finalmente, já estou chegando quase na beirada do buraco em que caí, e não pense em ficar de folga tão cedo. Fui só ao banheiro e aproveitei pra dar uma olhada aqui nos armários da cozinha e na geladeira, prever alguma coisa pra janta. Mas agora vamos em frente e faz de conta que você está ansiosa e vai ficar indignada com o que vou lhe contar

Então, naquela tarde, eu ia voltar aos meus livros, já desempoeirados por Milena com o aspirador que Norinha providenciou, por conta dela como tudo o que há neste apartamento, salvo o que eu trouxe agora da rua, mas o telefone tocou. Era ela própria: Máinha, que coisa feia!, já faz dias que a senhora chegou e a gente tão atarefados, Umberto e eu, que até agora nem trouxemos a senhora pra conhecer nossa casa nova, definitiva, muito maior e mais bonita do que o apartamento alugado que a senhora conheceu quando veio de visita da outra vez, que absurdo, que filha ingrata, não é, Máinha querida?, pois Umberto vai passar aí pelas sete horas, que eu vou correr pra preparar um comerzinho bem bom, e trazer a senhora pra jantar com a gente, botar a conversa em dia, vai ser uma delícia!, vá se aprumar bem bonita que daqui a pouco ele está batendo aí.

Que remédio senão obedecer? Eu já estava pegando o jeito de me comportar como filha da minha filha. Pouco antes das sete, eu já pronta, bonita ou não, que me importa?, lendo meu livro no sofá, Umberto chamou da portaria, desci, ele esperando junto ao elevador, segurando a porta pra mim, dois beijos, me puxando pelo braço com aquele seu jeitão de gaúcho faca-na--bota, mas sempre muito educado comigo. A casa deles não era longe, em dez minutos chegamos a outro apartamento-modelo tabuleiro de xadrez, como o meu, só que bem maior. Máínha, já estava com saudade!, beijos, abraço arrochado, Fiz jantar especial, uma lasanha da verdadeira, o melhor vinho da serra gaúcha, uma cuca de arrasar, você vai provar hoje uma cuca, tudo receita da minha sogra, vai adorar!, já está com apetite, não é?, só de ouvir dizer!, então, como está sendo sua primeira semana em Porto Alegre?, deve estar contente e ocupada, que nem me telefonou nem pediu nada!, e já deve estar conhecendo tudo pelos arredores, não é?, que aquele bairro é muito agradável, foi uma sorte encontrar esse apartamento ali, que até nem é longe daqui... e por aí foi, com essa nova maneira inventada pela minha filha, que vai ver estava com medo do que podia sair da minha boca se me deixasse falar, esse jeito de conversar comigo a duas vozes, a dela perguntando e a dela mesma respondendo por mim, eu até achando aquilo cômodo, calada, sem precisar nem mentir nem desagradar, nem concordar nem discordar, só espiando o ambiente estranho, sem prestar muita atenção ao falatório de Norinha pra lá de um balcão de pedra preta, mexendo na cozinha aberta pra sala onde eu estava sentada num sofá branco com almofadas cor de bonina, meus pés pairando um pouco acima de um tapete branco felpudo, tudo "déjà-vu", Umberto pedindo licença e sumindo lá pro escritório dele.

A lasanha posta no forno, Mais uns minutinhos só, Máinha, enquanto isso, venha ver o resto do apartamento, e me pegou pela mão, elogiando ela mesma a varanda, o banheiro social, Nossa suíte com closet, de luxo, não é, Máinha?, nosso escritório, olhe só que simpático, espaçoso pra nós dois, disse, ignorando Umberto sentado e absorto diante do computador... o quarto do bebê, que ainda vamos decorar juntas, né, Máinha, e ali o quarto de hóspedes, pra quando... e me puxou logo, mal me deixando espiar pra dentro do tal quarto, ao contrário dos outros cômodos onde me tinha feito reparar em cada detalhe, e pareceu que não havia mesmo nada de interessante ali, só mesmo uma cama com mesa de cabeceira, uma cadeira e uma fileira de malas enormes encostadas à parede. Vixe!, pra que malas tão grandes?, me passou pela cabeça

O jantar ia bastante bem, a comida era mesmo gostosa, Norinha falando sem parar de coisas da universidade, da cidade, Umberto parecendo distraído, dando só palpites lacônicos, sempre concordando com a mulher dele, e eu só com a tarefa de garfar o que me serviam e emitir de vez em quando um huuuummm apreciativo, até terminar de comer e aprovar a tal cuca, um bolo recheado, frutinhas cristalizadas e uma farofa doce por cima, gostoso, de fato. Eu, contente de estar me comportando tão bem, sem tensão, tudo parecendo razoavelmente normal, esperava que eles, tão ocupados, não esticassem o serão e se dispusessem a me trazer cedo de volta pra cá. Logo que levantamos da mesa fui pegando minha bolsa, dizendo Vocês devem estar cansados, é tarde, têm de levantar cedo, essas coisas que se dizem pra induzir uma despedida, mas, que nada!, Ainda não, Máinha, sente-se aqui que a gente ainda tem coisas importantes a conversar com a senhora. Umberto parecia inquieto, foi mexer na cozinha e voltou com uma cuia de chimarrão, que eu recusei, dizendo que pra mim ainda era cedo pra assimilar todos os costumes deles, precisava tempo, eu estranhando aquilo, que nunca tinha visto os dois tomarem chimarrão logo depois da janta quando passavam as férias na minha casa. Só depois entendi, estavam enrolando, nervosos. Ficamos sentados ali, eu esperando enquanto eles passavam aquilo um pro outro, sorviam, me olhavam com o rabo do olho, ou se olhavam de modo que me pareceu interrogativo, voltavam ao chimarrão fora de hora e nada diziam.

De repente, a bomba! Umberto, meio impaciente, É melhor você falar logo, Nora. Ela veio sentar-se do meu lado, pegou minha mão, toda melosa, Máínha, tem uma coisa que eu não disse antes pra não ser mais um pretexto a adiar sua vinda

Custei a acreditar. Havia um mês que um projeto de pós-doutorado de Umberto tinha sido aprovado e Norinha mesma tinha conseguido uma bolsa de pesquisa. Iam passar pelo menos seis meses na Europa, nem prestei atenção em qual país, partiam em menos de uma semana, Mas não se preocupe, não, Máínha, só seis ou, no máximo, oito meses, eu vou ficar em comunicação constante, a gente se fala toda semana pelo Skype, a mesma coisa que quando a senhora estava em João Pessoa e eu aqui, e vai ter tempo pra descobrir tudo o que há nesta cidade, em quinze dias minha sogra volta de Gramado, vai lhe fazer... não ouvi mais nada, gelada, paralisada, muda, um tempão ou uns segundos?, os dois se puseram a falar ao mesmo tempo, alto, prementes, Norinha apertando e sacudindo minha mão. Ignorando a assuada, arranquei minha mão dentre as dela, escapei do sofá, agarrei minha bolsa, saí correndo do apartamento, bati a porta atrás de mim e desci pela escada antes que eles se recuperassem do espanto e aparecessem, peguei o elevador no andar de baixo, corri pra rua, virei na primeira esquina, saí andando a esmo até me perder de vez e, finalmente, devo ter feito sinal pra um táxi, nem me lembro de ter dito o endereço que Norinha tinha deixado num papel na minha bolsa, mas o certo é que vim dar aqui, me larguei na cama e deixei o telefone tocar feito doido, até desistirem.

Chega, por hoje, Barbie. O resto que vem é pesado que só! Vou botar você pra dormir, que não quero que você se esgote antes de eu ter dito tudo. Não enchi ainda nem cinquenta das suas folhas e você ainda tem mais duzentas e cinquenta. Agora que comecei tenho de ir até o fim, questão de honra e de necessidade. Aí a Elizete vai ver se é verdade que eu só não tenho um livro publicado, até hoje, porque tenho preguiça de escrever, como ela diz. Tenho preguiça não, o que não tinha, ou achava que não tinha, era o que dizer. Você é que já deve estar farta de me ouvir, boneca boba

> *Estou doente, tenho vontade de me deitar, de dormir. Minha cama é meu esconderijo contra dores, contra agonias e vômitos. Em minha cama eu me protejo. Nada chega aos meus ouvidos quando me deito. Nem o vento, nem a chuva, nem falatórios. Agasalho-me dentro do meu lado são.*
>
> Dôra Limeira

Vamos, Barbie, acorda que eu quero, eu tenho de continuar. Já tomei café, mal, com o pensamento das coisas que vou lhe contar hoje me embrulhando o estômago, ainda... Sorte sua que não tem estômago, Barbie, não é possível que caiba algum órgão aí por dentro dessa sua cintura inumana. Então você pode muito bem aturar impassível o que eu vou lhe contar agora.

Naquela noite, assim que o telefone se calou, dormi de repente, nem sei quanto tempo, e sonhei, ou não estava dormindo nem sonhando e sim apenas entorpecida, curtindo a raiva e recordando cenas que antes pareciam esquecidas e agora voltavam pra botar mais lenha na fogueira, vai ver que foi isso, porque o que me pareceu sonho não era confuso como os sonhos costumam ser, era o filme claro e nítido de coisas passadas havia muitos anos, quando Norinha ainda estava no cursinho ou começando a faculdade, acho. No sonho que não era sonho, eu esperava por Norinha, que deveria chegar logo, pois já era hora do jantar e estava tudo pronto só esperando a chegada dela pra servir, quando ouvi a porta se abrir e fechar. Palavra nenhuma, mas só podia ser ela, chamei Norinha, Norinha, e nada. Como me levantei indo até o corredor e insisti, Norinha, mais uma vez, só ouvi Não fala comigo, estou de TPM, e bateu a porta do quarto sem cerimônia alguma. TPM?, O que era isso mesmo?, fiquei matutando, com a impressão de já ter ouvido essa sigla em algum lugar. Então lembrei. Tinha sido mais ou menos um mês antes, na sala de espera da dentista, vendo um programa da manhã, desses feitos pra senhoras desocupadas ou pessoas solitárias que simplesmente ligam a TV em qualquer coisa, só pra ouvir alguma voz. O psicólogo discorria sobre o assunto e a entrevistadora escutava atentamente, com um sorriso beato. Verdade seja dita, o rapaz era bonito, simpático e falava bem, sem aqueles aaaa eeee costumeiros de intelectuais entrevistados, mas aquilo que ele dizia pra mim soava como um monte de besteiras, Então a mulher entra numa fase muito particular em que todo o seu organismo se prepara pra chegada de sua menstruação, conforme seu ciclo, blá-blá-blá... e seus hormônios se agitam e agem modificando as emoções e o comportamento, causando depressão, irritabilidade, mal-estar físico e até cólicas. Faça-me o favor! Ter de ouvir estas coisas calada!, havia mais pessoas na sala, inclusive um rapaz. Minha vontade era de responder com uma pergunta: E daí? Menstruação, cólicas, dor nas pernas, que mulher nunca teve coisas assim quando a menstruação se aproxima?, desde que o mundo é mundo!, sem precisar de siglas pra se saber que bastava uma cafiaspirina pra resolver um bocado daquilo. Isto é falta de assunto, pensei. Mas a explanação continuava: Então as pessoas mais próximas têm que estar atentas, ter tolerância, tratar com carinho e respeitar esse momento delicado, e mais blá-blá-blá... Veja só, Barbie, onde foi dar aquela conversa piegas. Ainda estavam nisso quando chegou a minha vez de ser atendida. A doutora me abriu a porta, séria, e pensei Só espero que ela não esteja com a tal de TPM. Imóvel na cadeira reclinada, enquanto ela catucava o canal do meu dente, nem vi o tempo passar, a tal síndrome dando voltas na minha cabeça, novidade inventada pra dar lucro a médicos, psicólogos, anunciantes de televisão, laboratórios, revistas femininas, farmácias, ou pra dar mais e mais espaço às grosserias e descontroles que a minha geração vinha permitindo aos mais novos, eu com vontade de cuspir fora aqueles rolos de algodão e explicar pra pobre da dentista que, desde muito antes dela nascer, eu, minha mãe e minhas avós fomos mulheres, e nunca nos permitimos comportamentos parecidos com o que hoje ouvia que devem ser tolerados em nome da tal de TPM. E argumentava comigo mesma Pra mim sempre será mesmo só falta de educação tratar mal a quem quer que seja, em qualquer dia do ciclo, que TPM que nada!, acho que vou lançar um novo significado pra sigla: Tolerância pra Malcriadas. Tão indignada fui ficando que resmunguei alto, boca cheia de algodão, amortecida pela anestesia e entortada pelo caninho de sugar saliva, a dentista perguntando se estava doendo, há há, o dente não, não estava doendo, era só a TPM! Então caí de volta no quarto branco e preto, o reflexo dos filetes de luz que passavam pelas persianas batendo no espelho em frente à minha cama pra não me deixar esquecer o que estava me acontecendo agora

Fiquei ali, no escuro, a revolta de novo subindo, subindo, primeiro mansa e enganadora, sem palavras, sem pensamentos, sem ruído até rebentar, de madrugada, numa onda de raiva, suor, palavras duras, aos gritos. Não foi pesadelo, não, que eu nem sequer tinha fechado os olhos, a noite toda. Xinguei até perder o fôlego e a voz, e então ouvi o interfone que tocava insistente, voltei ao estado de pasmaceira, levantei-me, mecanicamente, arrastei-me até a cozinha, peguei o aparelho. Era o porteiro da noite, Dona Alice?, custei a responder, Dona Alice?, cada vez mais alto e aflito, Dona Alice?, afinal reconheci a voz e respondi, com algum resmungo, Tudo bem aí com a senhora?, seu vizinho do lado ligou aqui preocupado, que estava ouvindo gritos. Recuperei alguma lucidez e ainda fui capaz de dizer Desculpe, e inventar, Eu estava só vendo um filme, adormeci com o controle remoto na mão e, sem querer, mexi no botão de volume do som da televisão, desculpe, desculpe, desculpe

A vergonha de ter incomodado o vizinho e afligido o porteiro acabou de me trazer de novo ao mundo dos normais. Os outros não tinham culpa, minha mágoa devia esvair-se em silêncio. Como? Pra doida da Elizete é que eu não havia de telefonar nem dizer nada e nem me humilhar diante de outros amigos. O que deixei pra trás, o que me obrigaram a deixar pra trás, lá ficou, na antiga vida da contente e pacífica professora Póli. Não tinham mais nada a ver com essa estranha Alice, desenraizada, desaprumada, que nem eu mesma conhecia. Não me lembrei de você naquele momento, Barbie

Voltei pra cama, prostrada, sei lá até que horas, de porta fechada, ignorando o telefone a guinchar como louco, levantei mil vezes só pra beber água na cozinha e fazer xixi, fome nenhuma, uma sede sem fim, ideia nenhuma, e a raiva impotente, a desistência de qualquer

Escureceu, adormeci, ou amodorrei, mas meus neurônios, por conta própria, devem ter ficado dando voltas na gaiola, procurando uma saída. Quando clareou, acordei com um plano pronto na cabeça, plano de defesa cerrada. Vesti-me de qualquer jeito, peguei uma maleta, pendurei num braço um casaco pesado, esperei um pouco, até depois das seis da manhã, que o porteiro do dia já tivesse chegado, desci pelo elevador social, atravessei o saguão arrastando devagar a maleta de rodinhas como se estivesse cheia e pesada, bom dia, Seo Jerônimo, é muito cedo pra ligar pra minha filha, se ela aparecer procurando por mim, explique, por favor, que resolvi ir pra Jaguarão, ficar uns dias com uma antiga colega que agora mora lá, que o chip do meu celular estragou-se, que ligo pra ela logo que comprar outro, que não se preocupe. Sim, senhora, eu digo, boa viagem, vai gostar de Jaguarão, bah!, passear no Uruguai, na Lagoa

Saí, sorridente e ostensivamente, pela porta da frente, enquanto o porteiro voltava a vasculhar umas gavetas em sua guarita, escondi-me por trás de uma planta grande junto ao portão. Quando ele desapareceu em direção ao elevador de serviço, com um maço de envelopes e contas na mão, corri de novo pelo saguão, peguei o elevador social, apertei o botão dentro dele pra mandá-lo a outro andar e voltei a me trancar aqui. Desliguei o celular, mas não baixei a campainha do telefone fixo, sentindo uma espécie de prazer horrível quando ele começou de novo a tocar, uma hora depois, tocar, tocar, sem parar, sem resposta, sem remissão, de novo, várias vezes, o dia todo, a campainha desesperada, uma vez o interfone, mil vezes o telefone, ecoando no apartamento vazio, vazio, porque eu não estava lá, tinha entrado pelos livros adentro, caído num poço profundo, passado pra outro mundo louco, um "wonderland" qualquer de onde esta Alice não pretendia voltar tão cedo

Quando alguém conta um dia ou uma vida está a calar quase tudo, as vidas são imensas e não se podem contar só por palavras. Haveria que inventar artes de encher o silêncio e de descobrir nele o peso certo do que somos. O que se é só se pode encontrar no que não é dito, nas culpas deixadas dentro, nos castigos que se vão escolhendo.

Nuno Camarneiro

Cinco dias de fartura de letras, quase jejum de qualquer outra comida, o silêncio cortado só até o começo da tarde do segundo dia pela ainda prazerosa estridência do telefone, com perverso gosto de vingança que me enchia a boca e quase me bastava como simulacro de refeição. Sem dúvida passaram lá embaixo e receberam o recado do porteiro, garantindo ter-me visto partir pra Jaguarão, aquele nome sonoro de fronteira que escolhi pra me esconder, do qual eu só sabia ser a terra do poeta gaúcho--paraibano Lau Siqueira e com certeza foi por isso que me veio assim, sem pensar. Nunca tinha me dado conta de que bastava um nome longínquo pra gente se esconder sem sair do lugar.

O telefone calado, a folhinha do Coração de Jesus parada pra sempre no mesmo dia. Dormia quando dava sono e acordava quando bem entendia, sem olhar o relógio, o sol já alto vencendo as cortinas do quarto, nos primeiros dias com um vago sentimento de culpa por estar na cama até tarde, sem ter nada que fazer, resquícios da trabalhadora conscienciosa que eu tinha sido até havia pouco tempo, esmaecendo agora rapidamente, eu sem mais nenhum rumo, nem hábito, nem campainhas, nem vínculos neste mundo. Eu, quem? Alice

No quinto dia do meu sepultamento voluntário entre os lençóis, acordei assustada com o barulho do trinco da porta do quarto..., Ôxe, Dona Alice, a senhora tá aí? Tá doente? O porteiro me disse... Milena! Eu tinha me esquecido dela, nem sabia mais em que dia da semana estava. Gaguejei alguma coisa sobre ter chegado à noite, outro porteiro... Voltou doente, não é mesmo? Resfriou-se. Só pode, na cama até esta hora e com uma cara de visagem! É que lá em Jaguarão, mais pro sul, ainda deve estar fazendo muito frio. Se preocupe não que vou lhe dar o café e fazer um chá de limão, pena que não tem uma cachacinha aí, ou tem?, e preparo uma canja de galinha pro almoço, que é bom, não sabe? a senhora fica aí, quietinha, de repouso. Concordei com tudo, eu estava mesmo me sentindo doente, com frio e exilada lá em Jaguarão ou

Milena cuidou de mim o dia todo e eu me deixei cuidar, na cama, com meus livros. Quando terminou o serviço e veio se despedir e receber, vi que não tinha o dinheiro trocado, nem ela tinha pra me voltar, disse-lhe que já ficava paga a semana seguinte, pedi que não contasse ao porteiro que eu tinha voltado, nem precisei explicar por quê, Pode deixar que eu fico caladinha, e se foi, deixando-me meio envergonhada de estar sentindo tanta pena de mim mesma. Mas nem por isso abandonei meu teimoso encorujamento.

Ufa, Barbie, está exausta, não é? Eu estou. Exausta mas contente porque sinto mesmo os restos da raiva escorrendo de mim pro seu papel, minhas ideias ordenando-se, eu lhe contando tudo mais ou menos com começo, meio e fim, ou fim, meio e começo

Não, não estou doida pra sempre. Não

Vou é almoçar decentemente. "Help yourself", Barbie.

As lágrimas do mundo são inalteráveis, pra cada um que começa a chorar, em algum lugar outro para. O mesmo vale pra o riso.

Samuel Beckett

Pronto, boneca boba. Almocei, meu estômago voltou ao normal e até gostou da comida. Fiz uma sesta, imagine, como nos velhos tempos. Estou ficando curada da maluquice só por escrever neste caderno? Eita, tratamento barato! Se o remédio é bom, vamos lá, continuar

No sétimo dia do meu sumiço deste mundo, o telefone ressuscitou e me acordou logo cedo. Olhei o relógio, tentei ligar o celular pra ver a data, a bateria estava vazia, liguei no carregador, a primeira coisa que apareceu foi um aviso de 36 mensagens não lidas, nem me importei, olhei a data, Norinha e Umberto já deviam estar voando ou pousados na outra beira do Atlântico, em outro hemisfério. A campainha, que tinha emudecido, recomeçou a tinir. Alguma curiosidade me fez ir até a sala, levantar o fone, decidida a desligar sem responder, dependendo da voz que ouvisse. Inconfundível o Alôôôô esganiçado da Elizete, disparando sem esperar resposta, Alice, já voltou de Jaguarão?, afinal!, que bom, porque a Socorro tem uma coisa importantíssima pra lhe pedir. Socorro?, mas qual

Socorro? Aquela que foi manicure aqui perto e agora vende Avon, você sabe muito bem, ficou doidinha de saber que você está em Porto Alegre, é que o filho dela, o Cícero, foi-se embora pra aí levado por uma construtora, faz quase dois anos, e sempre ligava pra ela, toda semana, dando notícia. Da última vez que telefonou disse que a obra tinha terminado, a empresa queria que ele fosse pro Mato Grosso, mas ele não ia não, estava gostando muito daí, tinha arranjado uma namorada e estava morando com ela na vila Maria Degolada, vê se pode um nome desse?, e agora a Socorro está desesperada porque já faz quase um ano que ele não deu mais sinal de vida, nem o celular dele não responde, ela chora todo dia, ninguém sabe mais nada dele, nem os antigos colegas daqui, o melhor amigo dele não sabe nada, nem a ex-namorada, e a lesa da Socorro não lembra o nome da empresa, vê se você vai lá nessa vila Maria Degolada, sei lá onde é que fica!, você não está em Porto Alegre?, então, pois é aí mesmo, pergunte por aí, vá lá e veja se consegue notícia do Cícero, Cícero Araújo é o nome completo, só isso mesmo

    Um rumo vago. Que eu seguiria se quisesse. Talvez tenha sido o nome estranho do lugar que me despertou da letargia. Talvez tenha sido, sem que eu percebesse, a dor da outra mãe tomando o lugar da minha, um alívio esquisito, uma distração, e eu quis, sim, sair por aí, à toa, por ruas que não conheço atrás do rastro borrado de alguém que nunca vi. Afinal, Barbie, isso quase podia ser um resumo de qualquer vida quando começa, sair por aí, a ganhar o mundo, à toa

    Vesti a primeira roupa que vi no armário, agarrei a mesma bolsa grande usada na viagem, que estava à mão e eu nem tinha esvaziado direito, dentro havia um resto de coisas, nem olhei, joguei nela o chaveirão que Norinha me tinha entregue, a bolsinha do dinheiro trocado com um cartão de banco, a carteira de identidade, o celular com um mínimo de carga na bateria e fui. De passagem, nem sei por quê, pra marcar o começo de uma nova era?, arranquei as sete páginas atrasadas da folhinha.

Sofro vendo uma mãe chorar. Fiquei arrasadão. Deu vontade de perguntar o nome do filho dela só para dedicar um conto.

Diego Moraes

Saí, em busca de Cícero Araújo ou sei lá de quê, mas sem despir-me dessa nova Alice, arisca e áspera, que tinha brotado e se esgalhado nesses últimos meses e tratava de escamotear-se, perder-se num mundo sem porteira, fugir ao controle de quem quer que fosse. Tirei o interfone do gancho e o deixei balançando, pendurado no fio, bati a porta da cozinha e desci correndo pela escada de serviço, esperando que o porteiro se enfiasse na guarita pra responder ao interfone de frente pro saguão, de modo que eu pudesse sair de fininho, por trás dos pilotis, e escapar sem ser vista. Não me importava nada o que haveria de acontecer com o interfone nem com o porteiro.

Ganhei a rua e saí a esmo, querendo dar o fora dali o mais depressa possível, como se alguém me vigiasse ou me perseguisse, mas saí andando decidida, como se soubesse perfeitamente aonde ia, pisando duro, como nunca tinha pisado em parte alguma da minha antiga terra, lá onde eu sempre soube ou achava que sabia que rumo tomar. Saí, sem perguntar nada ao guri da banca da esquina nem a ninguém, até que me visse a uma distância segura daquele endereço que me impingiram e onde eu me sentia espionada, sabe-se lá que raio de combinação eles tinham com os porteiros, com os vizinhos? Olhe só, Barbie, como eu chegava perigosamente perto da paranoia e ainda falo "deles" como se fossem meus inimigos, minha filha e meu genro.

Andei quadras e quadras, repetindo na cabeça "Cícero Araújo, vila Maria Degolada; Cícero Araújo, vila Maria Degolada", como uma jaculatória... isso era o que se dizia lá em Boi Velho, Barbie, você não deve saber o que é... agora dizem "mantra", que não é nada a mesma coisa. Enfim... jaculatória, mais uma palavra pra botar na lista das compulsoriamente aposentadas. Fui repetindo meu mantra e caminhando, às vezes virando esquinas, sei lá quanto tempo, o sol subia e esquentava, comecei a esmorecer, a tontear, com fome, tinha saído na doida, sem comer nada, sem tomar nem um café.

Passei diante de uma portinha aberta, quase invisível entre duas casas, um balcãozinho, prateleiras com umas poucas mercadorias e uma caixa de vidro com lamentáveis empadas e coxinhas, ou coisa parecida, sobrevoadas por uma mosca preguiçosa. Era pouco mais que aqueles fiteiros de rua lá de João Pessoa e pode ter sido por isso que parei, entrei e por pouco não pedi uma tapioca de queijo. Pedi um café com leite e uma coisa qualquer de comer. Leite não havia, fui só de café e uma coxinha engordurada de anteontem, caloria bastante pra eu continuar minha peregrinação. Quem servia era um homem já idoso, nada a ver com as imagens de gaúcho de churrascaria que eu tinha pregadas na imaginação, nem alto e louro, nem moreno bigodudo, de chapéu preto, lenço vermelho, laço no ombro e bombacha bufante. Baixinho e chochinho, com um resto de bigode fino, um bonezinho achatado na careca, camisa branca encardida e um lenço branco amarrado no pescoço. Comi, paguei e me animei a perguntar pra onde ficava a tal vila Maria Degolada. É lá do outro lado da Bento, na altura do hospital de loucos... na Protásio deve ter transporte pra lá. Não entendi nada, só percebi que não era perto, mas não queria passar por besta, agradeci, saí e ia virando pra esquerda. O homenzinho saiu de trás do balcão, me deixando ver suas calças apertadas no tornozelo com um correr de preguinhas dos lados, descendo dos quadris até a bainha, Por aí não, por aí tu vai dar é lá no Bonfim, vai é por aqui, e me apontou o lado contrário, chegando até à porta da bodeguinha. Fui, andei um pouco, virei pra trás e lá estava ele me espiando com um jeito estranho.

Segui em frente, olhando pro chão, emburrada, passo firme e decidido, "Cícero Araújo, vila Maria Degolada; Cícero Araújo, vila Maria Degolada", revigorada pelo sal, a gordura e a cafeína, até chegar, manhã alta, numa avenida larga, sem ter mais nenhuma ideia de pra que lado ficava o apartamento onde eu devia morar. Eu que sempre achei que tenho uma bússola na ponta do nariz, não conseguia me orientar nesta terra onde o sol está sempre pendendo pra algum lado impossível de identificar.

Parei apenas porque já não podia simplesmente seguir adiante, a avenida era larga e movimentada, impossível de atravessar fora da faixa de pedestre. Olhei pra um lado e outro e vi uma mulher de ar humilde, embora mais loura do que qualquer outra que eu já tivesse visto ao vivo, encostada a um muro com um bebê nos braços, bem perto de mim, e perguntei: Onde fica a Protásio? Mais uma que me olhou de modo estranho e me respondeu com um gesto da cabeça: Então, a Protásio não é essa aqui?, É essa mesma, dona. Agradeci, envergonhada de não ter pensado que "a" Protásio havia de ser uma rua ou avenida, sei lá o que pensei que fosse, uma loja, uma escola?, e me sentindo meio besta de não ter até aquele momento olhado sequer uma placa com os nomes das ruas. Só depois fui aprendendo que aqui as avenidas são andróginas: a Bento, a Borges, a Protásio, a Sertório, a Nilo, e por aí vai

Caminhei mais um pouco pela calçada, até uma parada de ônibus onde havia três ou quatro pessoas esperando, e perguntei, sem olhar nem me dirigir especialmente a nenhuma delas, se ali passava ônibus pra vila Maria Degolada. Na Maria Degolada? Vai fazer o que lá, promessa? Vou procurar uma pessoa. Tem de pegar transporte do outro lado da avenida, ouvi, nem agradeci, enfezada, o que eu ia fazer não era da conta dela. Nem encarei a mulher que perguntou e respondeu, pra não saber se também me olhava de modo estranho. Veja como são as coisas, Barbie, agora acho que a estranheza estava era nos meus olhos, em mim, e eu a pespegava na cara dos outros, coitados, que não tinham nada a ver com o meu desmantelo. Segui até a esquina e atravessei na faixa. Outro ponto de ônibus, só uma mulher esperando e, fiquei aliviada, seria brasileirinha?, era negra, não era dali, não ia me olhar de modo estranho. Perguntei e recebi a resposta numa fala que me desmentia. Ela era dali, sim, e disse que o ônibus que já vinha parando no ponto ia pra os lados de lá, Esse dá pra ti, tu desce quando ele entrar na Bento e já vai ficar bem perto. Corre pra tu pegar esse aí que o próximo demora a chegar.

 Corri, tropeçando, e me meti pela porta da frente, o carro arrancou com um solavanco, caí sentada no primeiro banco, felizmente vago, pra me dar conta, tarde demais, de que a roleta era atrás, sem ânimo pra me levantar e ir pagar a passagem. Toda a energia que eu tinha exibido atravessando a pé quilômetros daquela cidade pareceu escorrer pro chão pelos meus pés agora doloridos, deixando atrás de si um desânimo enorme. Pela primeira vez, desde que começou essa minha migração forçada, tive vontade de chorar e fiquei um bom tempo com a cara virada pra fora, fungando, querendo esconder as lágrimas, fingindo que olhava pela janela, vendo vagamente passarem avenidas e prédios que não me diziam nada, uns com essa cara de luxo padronizado que se espalha igualmente de Dubai a Xangai passando até pelo "edifício mais alto do Brasil", em João Pessoa, outros em construção ou abandonados, sei lá, com aspecto de ruína, tudo tão misturado que a gente fica sem saber se a cidade está nascendo ou morrendo, fui pensando à toa, até o vento da janela secar minhas lágrimas ou eu me lembrar das lágrimas da mãe de Cícero Araújo. Será que já tinha passado da tal Bento? Havia de ser também uma dessas avenidas larguíssimas de que toda Porto Alegre parecia feita. Tomei coragem, me curvei pra frente e perguntei ao motorista mal-encarado, É a segunda parada. Quando eu virar a esquina já é a Bento. Não me perguntou nada sobre o pagamento da passagem, ninguém reparava em mim, talvez efeito dos meus cabelos que teimo em deixar grisalhos apesar da incansável insistência da Elizete, Credo, Alice, que desleixo!, nem parece que você é uma mulher inteligente e estudada, acha certo parecer uma velha bem antes mesmo de entrar nos sessenta?, tá igualzinha a sua avó, se for por economia me diga que eu conheço salões ótimos e com precinho bem maneiro. Pra ela, Barbie, todas seríamos como você, que já tem a minha idade, não é?, e não mudou de cara esse tempo todo... Por mim, tudo bem, fique na sua, há gosto pra tudo

    Enfim o ônibus virou numa esquina contornando uma igreja grande noutra avenida larga. Dei sinal, deixei pra lá o problema do pagamento da passagem e desci bem naturalmente pela porta da frente, sem pagar. Tinha acabado de descobrir uma coisa que ainda não sabia que me serviria tanto!

    A parada de ônibus era na ilha do meio da avenida, coberta, muitos bancos mas nenhum passageiro. Dei uma olhada pra um lado e outro. À minha frente, dava pra ver através de grades um enorme gramado que se estendia pra direita e, lá ao fundo, um estranho edifício baixo, longo, janelas em arco, parecendo um convento antigo e abandonado. À esquerda, depois de um portal de entrada, junto a um muro que substituía a grade, outros prédios menos velhos. Havia alguma placa pra dentro da grade, mas enviesada de modo que eu não podia ler, ainda mais com os óculos bifocais velhos, defasados, que peguei sem pensar na correria da minha fuga do apartamento. Primeiro só vi, encostada no começo do muro todo grafitado, um vulto deitado, enrolado num cobertor, com um carrinho de supermercado ao lado. Aquele não ia me ajudar em nada. Meio desanimada, ia dar a volta ao abrigo de passageiros pra ver o que havia do outro lado da avenida, quando percebi, um pouco mais adiante trabalhando na sarjeta em frente ao mesmo muro, um varredor de rua, negro, se diria também brasileirinho? Atravessei a avenida em diagonal, em direção a ele, ignorando a faixa de pedestres e a buzina furiosa de um carro qualquer que passou às minhas costas. Cheguei até o gari e perguntei onde ficava o hospital psiquiátrico, É esse aqui, a entrada é um pouco mais pra lá, por essa calçada mesmo... E a vila Maria Degolada? Era só atravessar a avenida e meter-se por qualquer das ruas que começavam do outro lado, e depois subir até onde eu quisesse, até em cima do morro da Maria Conceição... Qual das ruas? Qualquer uma, melhor um pouco mais pra lá. Tem a capelinha dela lá em cima, acrescentou, quando eu já ia andando.

Não senti, dessa vez, que o gari me olhasse de modo estranho, aliás, nem me olhou, a cabeça baixa vigiando o cisco que continuava a varrer, e também não me perguntou nada. Sentindo-me melhor e satisfeita por ter diante de mim mais um trecho pra apenas andar em frente, talvez um bom pedaço, antes de ter de tomar outra decisão, fui, repetindo mentalmente "Cícero Araújo, vila Maria Degolada; Cícero Araújo, vila Maria Degolada", o tal do mantra que me fazia esquecer todo o resto e resumia meu único destino concreto e imediato, emprestado de outra mulher. Atravessei as duas pistas, agora direitinho, na faixa de pedestres. Vai ver que a censura da buzina havia convocado o que ainda restava da disciplinada professora Póli naqueles primeiros dias. Fui andando pela calçada, buscando uma rua que indicasse uma subida, uma favela, que a Milena tinha me explicado que vila aqui é favela. Lá ia eu, "Cícero Araújo, vila Maria Degolada; Cícero Araújo, vila Maria Degolada", vendo vagamente o que havia em volta: uma loja de apetrechos pra crochê e tricô, cheguei a retardar um pouco o passo com uma tentaçãozinha de entrar, saudades de Tia Brites que a ferro e fogo me obrigava a aprender tricô e crochê?, Larga desse livro, menina, e vem aprender uma coisa útil. Vontade de fazer a vida voltar pra trás? E logo adiante li, numa placa, Traumato e Ortopedia, o que me deu vontade de rir, associando de algum modo tricô, Tia Brites e trauma. Perguntei Será que aqui também chamam esse tipo de coisa simplesmente de O Trauma, como lá em João Pessoa? O riso passou logo, afogado pela volta àquele trauma real e maluco na minha vida, eu andando atrás de mal sabia quem, sem saber por onde

Veja só, Barbie, daqueles primeiros dias da minha quarentena parece que lembro cada detalhe do que vi, pensei, senti... estava me aventurando pelo desconhecido, tinha de estar alerta e atenta a tudo. Já não sou capaz de reproduzir assim, detalhadamente, em sequência quase exata, os caminhos que percorri depois que me soltei de uma vez, à deriva de corpo e alma. Esses já não eram propriamente caminhos, eram sucessivos buracos, frestas, rachaduras na superfície da cidade pelas quais eu ia passando de mundo em mundo, ou era vagar por mundo nenhum...

 Eu nem percebi, naquele dia, quando saí de casa atrás de um quase imaginário, um vago Cícero Araújo, que estava, na verdade, correndo atrás de um coelho branco de olhos vermelhos, colete e relógio, que ia me levar pra um buraco, outro mundo. Também, que importância tinha? Acho que eu teria ido de qualquer jeito, só pra cair em algum mundo, sair daquele estado de suspensão da minha vida num entremundo, sem nem por um momento me perguntar como nem pra onde havia de voltar

 Que engraçada é a cabeça da gente, não é, Barbie?, mas você não deve perceber que mistério é cabeça de gente, você não é gente, sua pobre cabecinha oca. Afe, cansei. Agora acho que preciso parar de escrever, inventar um jantar. Não lhe ofereço pra não atrapalhar sua dieta e não estragar sua cinturinha tão incrível. Cansei de tanto andar com esta caneta pelas suas linhas, desde muito pra lá da Protásio até a Bento. Mas, "be a good girl", fique quieta aí, durma bem, que amanhã mesmo volto cedo pra fazer você subir comigo à vila Maria Degolada. Fique tranquila: ali não há mais o costume de degolarem Marias e nem sequer de jogar xadrez com peças vivas. Nem eu nem você somos Marias

memória destroçada
qualquer lembrança
é melhor que nada

Lau Siqueira

Então, Barbie, dormiu bem? Se é que você algum dia despertou... Não tem do que reclamar, que hoje lhe dei muito tempo pra descansar. Acordei esta manhã com a voz quente e alegre da Milena, que percebeu logo minha volta ao ver você e o resto dos troços espalhados na mesa da cozinha. Ô Dona Alice, andou por onde, sem levar roupa nem mala? Fiquei foi preocupada demais, medo que tivesse lhe acontecido alguma coisa ruim, e não sabia pra quem perguntar nada, o porteiro resmungou qualquer coisa quando lhe perguntei, só entendi "Jaguarão", como?, pensei, de novo pra Jaguarão, sem mala nem nada?, que vi a cama desfeita, a louça sem lavar na pia. Então todo dia eu parava um tempão na banca de jornal perto da minha casa, que eu conheço o dono, já fiz faxina na casa dele, não sabe?, e lia tudinho das páginas policiais pra ver se alguma notícia podia ser da senhora, cruz-credo!, rezei foi muito, passei na igreja e tudo. Deixe eu lhe dar um abraço, que depois desse susto todo e do tanto que me preocupei a senhora já virou parenta minha.
    Ai, que bem me fizeram a risada, a preocupação e o abraço de Milena! Enrolei um pouco, dizendo que tinha ido encon-

trar uma gente amiga que veio da Paraíba, meio fora de Porto Alegre, e acabei ficando esse tempo todo, conversando coisas de lá, saudades, sabe como é... que tinham trazido umas coisas minhas, uma caixa com roupas... Que grande e competente mentirosa eu me tornei, nunca pensei que a professora Póli, tão honesta e certinha, fosse aprender a mentir tão naturalmente. Milena sabe como é saudade, sim, não especulou mais. Com aquela disposição dela já foi pondo mãos à obra e limpando, varrendo, cozinhando, lavando, passando, parece que faz tudo sem esforço, e ainda se demorou tomando um chá comigo, falando das crianças, da vida, do bairro e dos vizinhos dela, eu distraída, só me confortando a ouvir cantar aquela voz quente de baiana e me enchendo de biscoitos recheados. Enfim, saiu daqui agora mesmo, já noite. Nem tenho vontade de jantar ainda, Barbie, agora quem fala sou eu e você fica muda aí, ouvindo.

O que será que Milena diria se soubesse que eu tinha saído de casa pro hospital dos loucos, em seguida pra uma vila Maria Degolada, passando por um trauma e todo o resto que veio depois?, página policial nenhuma daria conta

Pois passei ilesa pelo trauma e fui continuando pela calçada, olhando a cada esquina pra ver se aquilo parecia uma rua que subia, mas não via nada que me parecesse uma ladeira, um morro nem uma favela. Três vezes parei, olhei, fiquei um pouco na esquina, vou-não-vou, não ia, continuava mais uma quadra, devagar, como se tivesse vontade de alongar o mais possível aquele curto destino que eu já tinha traçado, antes de cair de novo num vazio. Acabei voltando pela mesma calçada, sem querer me afastar muito do hospital, meu ponto de referência inicial, e me decidi por entrar justamente pela esquina do trauma, uma rua qualquer, casas modestas, mas nada parecendo favela, todas separadas da rua por grades pintadas que deixavam ver o jardinzinho, a fachada da casa. Nada daquelas muralhas altas com cercas eletrificadas, ostentando uma caveira sobre fêmures cruzados, falsa bandeira de pirata que ultimamente andava invadindo os bairros de João Pessoa. Aqui grades com pontas agudas defendendo a casa, é certo, mas também mostrando, vista pacata e comum, de gente comum, vida comum, todo o dia a mesma. Será? Fui olhando e caminhando. Com um pouco de inveja?

Ninguém à vista próximo o bastante pra que eu pudesse perguntar alguma coisa. Só o ruído do motor dos poucos carros que passavam, a maioria em direção à Bento. Lá fui eu, bicho estranho em terra estranha, o passo já menos firme do que antes, seguindo em frente até que, antes de meus olhos, minhas pernas perceberam a subida e, pouco mais adiante, uma bodega aberta, uma mulher no balcão. Parei à porta e perguntei: vila Maria Degolada?, recebendo como resposta apenas um gesto amplo e descuidado do braço direito da mulher canhota que, sem sequer me olhar, continuava empilhando folhas de papel sobre o balcão. Fiquei um momento parada, sem coragem de pedir uma informação mais precisa do que o gesto que indicara vagamente o espaço à volta e terminara estendendo-se pra direção em que eu ia.

Segui, por mais algumas quadras ainda com grades e casinhas bem-comportadas, começando a sentir o sol esquentar as costas, devia ser perto das oito e meia da manhã, agora mais devagar, percebendo a subida cada vez mais íngreme e vendo, pouco a pouco, as grades brancas cederem o lugar a cercas de tábuas desencontradas e murinhos de tijolos sem reboco. Daí em diante ouvi, cá e lá, vozes que chamavam, tagarelavam, xingavam, cantarolavam, sem ver de quem vinham. Virei uma esquina qualquer e, de repente, entre dois prediozinhos de primeiro andar, mal-acabados, dei com a entrada estreita de um beco que se alargava ladeado por portinhas e janelas de todo tamanho e feitio, até um barracão de madeira acinzentada ao fundo. No meio do beco, duas mulheres, uma de cabelos tão louros que pareciam brancos, mais americaninha que você, Barbie, a outra negra, as duas gordas, qualquer traço de juventude já deixado pra trás, escoradas nas vassouras, a papear. Avancei um pouco pelo beco, elas pararam de falar, ficaram me olhando, interrogando mudamente o que eu queria ali. Perguntei vila Maria Degolada?, e imediatamente começaram a falar as duas ao mesmo tempo: É aqui mesmo, tudo aqui é a vila Maria da Conceição, A capelinha, se tu veio rezar, é lá mais pra cima, no alto, Veio fazer promessa? Tu não é daqui, né?, quase ninguém mais vem de fora, antigamente era mais... Outras mulheres, meninos, um homem daqueles encostados em casa que, àquela hora da manhã, já tinha tomado uns copinhos, mas ainda andava aprumado, saindo das portas, se chegando e entrando na conversa, Estão esquecendo da santa. Uma mulher ainda nova, magrinha, saiu da porta mais próxima já dizendo: Santa? Que santa? Não descobriram e até passaram no teatro, a namorada do meu filho foi ver, era uma rapariga de má vida que se meteu num enrosco com um da Brigada?, vai ver que até com mais de um, né?, se entreveraram aí no mato e ela acabou de cabeça cortada, enterrada lá pra cima. Alarido de outras vozes, E tu só acredita numa mentira dessa porque tu não é daqui, chegou faz pouco e já quer saber mais do que gente nascida e criada neste lugar, Mas a Imelda que se criou aqui e está estudando falou que não é santa nada, é o povo que inventa que é santa. Que ela nem se chamava Conceição, chamava era Maria Francelina, nem era daqui, diz que era da Alemanha, e está tudo escrito num cartório, o nome dela e do soldado que era Bruno e foi parar na cadeia, aconteceu lá nos 1800. É santa, mais que santa!, Santa do pau oco é o que ela era, Se o povo fez pedido e foi atendido, tantos anos assim, quase todo o mundo que pede graça a ela consegue, só não atende mesmo se for pedido de polícia, o resto atende, de um jeito ou de outro atende, como é que não é santa?, Se tudo que o povo diz fosse verdade... Tu é que quer ser diferente e se fazer de mais inteligente que nós...

A discussão esquentou, a pirralhada pulando em torno, já ninguém ligando pra mim e eu sem saber bem do que estavam falando, discordando, concordando, crendo, descrendo. A mulher negra da vassoura insistia, mais vozes se misturavam, Desde quando eu era guria a capelinha ficava cheia de vestido branco, até de renda, e buquê que as noivas traziam direto do casamento pra cá, em agradecimento a Maria da Conceição, deixavam ali pra ela, vinha pagamento de promessa de cabeça, pé, mão, coração de cera, de madeira, curativo de ferida sarada, muleta, gesso tirado de perna e braço curado, de tudo, Então, tu acha que se ela não fosse santa, atendia à promessa de tanta gente pra receber assim tanto agradecimento? E vai lá pra tu ver que ainda tem promessa desses dias mesmo!, É besteira do povo que acredita em qualquer coisa, Tu é que acredita em qualquer coisa que andam inventando agora, Pode até ser verdade que algum dia ela foi mulher da vida, mas isso foi antes de se arrepender, feito santa Maria Madalena que andava com a mãe de Jesus, e não queria mais essas coisas com qualquer macho, como o brigadiano queria, e daí ela não deixou ele se aproveitar, resistiu, diz que até chegou a dar nele com uma acha de lenha e com um cano de ferro pra se defender, mas o homem era soldado, forte e cortou a cabeça dela com a espada, E só por isso é santa?, Ela morreu pra não pecar, então não é santa?, O povo acredita nela porque sabe essas coisas desde antigamente, quando aconteceu.

O único homem da roda avançou, pigarreou e, este sim, virou-se pro meu lado e falou, com voz empostada, podia ter sido locutor de rádio ou de rodeio em tempos melhores, Eu de certo sei o que ouvi muitas vezes contar por meu pai que soube de meu avô que era daquele tempo. A moça era de família, bem novinha, catorze ou quinze anos, e subia por aí, todo dia da semana, pra levar o almoço do pai que trabalhava numa pedreira que havia mais pra cima, no Morro do Hospício, como chamavam naquele tempo. O soldado sabia, ficava cercando ela no mato, querendo coisa com ela, mas a guria era pura, não aceitava nada. Até que ele emputeceu, deu de mão numa faca, cortou a cabeça dela, fez o que quis e depois enterrou a menina. Como ela não apareceu em casa, o pai deu parte e, depois de dias procurando, acharam o corpo. O soldado foi preso e diz que morreu assassinado na cadeia. A guria morreu pra resguardar a pureza, morreu santa, é isso que eu acredito e muita gente que sabe da história. E milagre, graça alcançada também não falta pra confirmar, né? A Adelaida está certa. Apontou com o queixo a mulher negra que primeiro tinha falado comigo e balançava energicamente a cabeça, em sinal de assentimento, enquanto o homem falava. Ela pegou a deixa e continuou, agora também falando mais pra mim do que pra os outros, com ar vitorioso: Pois é essa a história mesmo, igualzinha à que sempre ouvi de minha avó que já morava aqui, só que lá mais pra baixo, perto da Bento, e ainda contava que antigamente andava por aí um Frei Antonino, italiano, pregando e dizendo que a Maria da Conceição era a nossa Maria Goretti, uma menina santa pra quem aconteceu a mesma coisa e no mesmo tempo que aconteceu pra guria daqui, só que essa era da Itália, fica perto de Roma, o Papa logo ficou sabendo e abençoou ela como santa de manto, coroa, estátua, altar e tudo, que Deus tinha mandado essas duas santas de uma vez pra dar exemplo às moças dos dois lados do mundo, junto com santa Cecília e santa Inês, porque cortaram a cabeça delas também. Minha avó e minha mãe conheceram e ouviram muitas vezes esse frade dizer isso, e tu, Sueli, vai querer entender mais de santidade do que o frade?

A Sueli, com um teimoso muxoxo de descrença, Tenho mais o que fazer do que ficar de conversa com gente desocupada, voltou pra dentro de casa. Eu, espantada de ver minha única pergunta desencadear toda aquela discussão ainda tão acirrada, um falatório incessante mesmo entre os que estavam de acordo, esquecidos outra vez de mim, meio intimidada como criança em sala de aula levantei um dedo pra pedir a palavra e, passados alguns segundos, repararam em mim e pude finalmente perguntar de novo, a vila Maria Degolada é aqui?, alguém conhece um rapaz da Paraíba chamado Cícero Araújo?

Interrompida e adiada a controvérsia sobre a santa, perderam o interesse e começaram a se dispersar. Umas poucas mulheres ficaram, cabeças balançando náos, olhos me percorrendo de cima a baixo, uns segundos de silêncio e a mulher dos cabelos claríssimos dizendo Aqui nessas casas não tem nenhum Cícero, não. Já iam se virando pra me deixar sozinha e tentei retê-las, comovê-las com a explicação do caso da mãe desesperada em João Pessoa, o filho desaparecido, eu chegada da Paraíba, encarregada de achá-lo sem conhecer nada nesta cidade, as mínimas informações que eu tinha. Palavras mágicas!, voltaram todas, uma enxurrada de perguntas e comentários, Ai, coitada dessa mãe!, Onde é que ele trabalha?, Igual o caso da Roseta que morava ali mais pra cima, o filho que era embarcadiço ficou doente, desembarcou por lá mesmo, Recife, São Luiz, eu acho, pra lá!, e não deu mais notícia, ela adoeceu de tristeza, nem podia mais trabalhar e teve de voltar pra Rio Grande, uma filha casada veio buscar, Sabe o nome da rua que ele mora aqui na vila?, Aqui é grande demais pra gente conhecer todo o mundo, Não teve um rapaz de lá que andou por aqui enrabichado com a filha da Vilma?, era um bem branquinho que andava pelo interior vendendo remédio pra bicheira de gado, só aparecia aqui de vez em quando, não é esse que a senhora está procurando? Aqui mesmo na vizinhança só tem uma pessoa de lá, Ô, Baiana!, guri, tu corre e chama a

Baiana pra ver se ela conhece, Pobrezinha dessa mãe!, Filho perdido é coisa que mãe nenhuma aguenta, Vai, piá, vai ver se a Baiana está aí, que ela é de lá, de Fortaleza, é lá de Minas. Naquela hora não percebi, mas tinha acabado de descobrir outra coisa preciosa pra os meus dias de desgarramento que eu ainda nem sabia que já haviam começado. Estava momentaneamente esquecida de Norinha, do tabuleiro de xadrez, meio zonza com tudo o que ouvia e me prendia àquele instante e lugar. Pobre da mãe!, Mãe sofre demais!

Eu, confundida de todo, querendo explicar que era Paraíba, nada a ver com Recife, Fortaleza, Bahia, Minas, que Cícero era brasileirinho feito eu, que trabalhava em obra de construção, mas foi inútil, Pois então, não é isso mesmo, de lá? "Lá" parecia ser um vago território homogêneo que cobria tudo o que fica acima do Trópico de Capricórnio. E voltavam a citar, falando todas ao mesmo tempo, todos os casos que conheciam ou tinham ouvido falar de mães agoniadas e filhos perdidos. Toda mãe é uma sofredora! Veio a Baiana. Era do Piauí e não conhecia nenhum Cícero. Assim, sem tu saber em que parte da vila ele morava vai ser difícil achar, que aqui tem mais de quinze mil, vinte mil moradores. Pra cima é que tem mais gente de lá, pode ser da Paraíba, aqui mesmo, por perto, tem não.

Ninguém desistia do assunto, mas Lá pra cima não é bom tu ir sozinha, não, tu aqui não sabe como são as coisas... Vamos, vamos subir que eu ajudo a procurar, se Deus quiser a gente acha o rapaz e aquela mãe vai sossegar. Adelaida correu, deixou a vassoura encostada junto a uma das portinhas e em dois tempos voltou vestida, calçada, penteada e perfumada, Vamos que eu tenho fé que a gente acha, e se não achar vamos até a capelinha pedir ajuda pra Maria da Conceição, que é coisa certa, e me pegou pelo braço, me puxou pra saída do beco e tocou a subir, o passo dela bem mais leve e rápido, eu, suposta grande caminhante na calçada da praia do Cabo Branco, tentando acompanhar valentemente, aprendendo que subir é outra coisa, devem ser outros músculos que funcionam, mas fui.

Agora chega, Barbie, já estou com o braço doendo ou é a lembrança das pernas subindo a minha primeira ladeira porto-alegrense?, e vou tomar a sopa que Milena deixou feita pra mim, banho e dormir, que ainda tem muita ladeira pra subir e descer nesta história, se prepare, americaninha.

SIMPATIA para UNIÃO FAMILIAR

MATERIAIS
- 4 Quindins
- 4 Moedas
- 4 Flores amarelas
- 4 Velas

Escreva seu pedido com o nome de toda a família no papel e coloque no prato. Em cima do pedido coloque os quindins. Pulverize tudo com açúcar cristal. Espete em cada quindim uma flor amarela e uma moeda.

Leve esta simpatia numa praça e acenda as velas pedindo a Oxum a harmonia que tanto deseja.

Aquela que fingia estar ali (de costas) era eu, olhando de soslaio para um ponto vago, quase um nada. Como se meu silêncio estivesse à margem do que mais desejava.

Maria Esther Maciel

"Good morning", Barbie, ou "bonjour", se preferir, você sabe francês, Barbie?, as bonecas americanas quando vão pra França aprendem francês? Dormi bem e sonhei em francês esta manhã, seria a antiga professora Póli retornando à vida?, será? Enfim, você já deve ter percebido que estou de bom humor, levantei lépida, pus este vestido alegrinho, que o sol está alto e o dia mais quente, fiz meu café caprichado, frutas, pão com manteiga e mel, lavei a louça e, naturalmente, como se já fosse uma rotina prazerosa, só por saber que, sim, é bom pegar na caneta e contar tudo, ou tudo aquilo que me lembro que aconteceu, que invento?, vai me ajudando a entender, ajeitei-me aqui de novo pra continuar a escrever, enquanto vou adiantando o almoço e vigiando o fogão. Será que eu dava mesmo pra escritora, Barbie? Você acha? Pelo menos gosto já peguei

Então, lá fui me metendo pela vila que quanto mais subia mais ar de favela tinha, eu com minha guia, Adelaida, que parecia conhecer o território como a palma da mão e emburacava por tudo o que era beco cuja entrada eu nem tinha percebido, chamava alguém pelo nome, ou batia palmas chamando qualquer um que aparecesse, entrava em todo comércio e bar que havia no caminho, Vamos lá na Associação, Vamos lá na sede do Movimento tal, do Centro não sei do quê, Banheiro?, é melhor lá na escola, acabou?, agora falta perguntar na igreja essa, na outra e mais outra, no ilê de Pai tal, no abassá de Mãe fulana, eu espantada de ver tantos negros e tanto terreiro de religião afro nesse mundo sulino, antes, pra mim, quase todo louro "como os trigais" de não sei onde

Em cada lugar daqueles, Adelaida recomeçava a contar, cada vez mais dramaticamente, a história de Cícero Araújo, guri bom, trabalhador, mandava quase todo o salário pra pobrezinha da mãe, eu com um pouco de vontade de rir, pensando na Socorro toda enfeitada e perfumada com os badulaques da Avon que vendia, mas Adelaida continuava sua narrativa de invenção sem peia, a mãe, coitada, doente, em ponto de morrer, sozinha lá na Bahia, É em João Pessoa, corrigia eu inutilmente e ela concordava, Pois é, a pobre mãe esperando por ele, nem dorme de desespero, só podia ter-lhe acontecido alguma coisa ruim, e por aí continuava, de tal modo que eu mesma, àquela altura, já tinha uma história de Cícero, vez ou outra chamado de Severino, muito mais completa e emocionante do que aquela tão lacônica transmitida por Elizete e, quando Adelaida deixava, eu mesma começava a contar. Confirmou-se minha descoberta: história de mãe desesperada procurando por filho perdido era um abre-te Sésamo! Todos nos atendiam, não, não sabiam nada de Cícero, não conheciam nenhum, mas o interesse não acabava aí, tinham um sem-fim de casos de mães chorando por filhos desgarrados, desaparecidos, mortos, quem sabe?, uma ialorixá me deu um papelzinho com receita de uma simpatia, não exatamente pra achar filho perdido, era pra juntar família desunida, Mas pode crer que ajuda se tu fizer com fé, só precisa quatro quindins... onde é que eu ia achar quindins?, veio-me, por um instante, a lembrança das gemas de ovo desperdiçadas por Norinha, saudade da minha avó portuguesa exilada lá no sertão e de seus doces de ovos, os quindins que ela aprendeu a fazer com coco, lamentando sempre não poder fazer sua brisa do Lis, como a de Leiria, por falta das amêndoas... escrever o pedido, pôr os quindins em cima, polvilhar açúcar cristal e espetar nos doces quatro flores amarelas, quatro moedas, acender quatro velas e deixar tudo numa praça, olha aí, Barbie, o papelzinho ficou junto com o resto dos que se foram acumulando na minha mochila com as costas cheias de frases copiadas de livros.

Nem sei quantos cafés ralos engoli, Pra te animar, vai, bebe!, nem sei quantas cuias de chimarrão recusei, Não sou daqui, não, sou da Paraíba, na minha terra não é costume, cheguei há pouco, ainda não aprendi a tomar, Mas logo acostuma que um amargo é coisa boa demais, bom pra saúde, pro estômago, pra tudo! Todos, sem falhar, queriam ajudar, indicavam uma rua, uma viela, uma direção onde, sim, havia gente de "lá". Sei lá quantas coxinhas, empadas, comi e paguei, pelas biroscas da vila Maria Degolada, nome que eu logo parei de usar porque percebi que não era do agrado de ninguém ali. Ia aprendendo coisas e nomes, a comer dedo de negro, que logo domestiquei como parente de nossa sorda, cortada em tiras, e gróstolis, que identifiquei com a calça virada da minha avó sertaneja ou o coscorão da minha avó portuguesa. Tudo o que me fizesse esquecer Norinha e o apartamento preto e branco me servia bem.

Seguimos todos os conselhos, encontramos baianas, maranhenses, sergipanos e potiguares, duas mulheres da Paraíba, notícia de um chamado Cícero que era cearense e tinha mais de setenta anos, piauienses e alagoanos, aqui e acolá um filho de outros homens de "lá" que apenas semearam cá seus bruguelos e foram-se embora, eles também, sem mais dar notícias. Eu descobria que o mundo era feito em grande parte de gente desaparecida, gente que não deu mais notícia e gente desesperada atrás ou a esperar conformadamente pelos sumidos. Até cópias de fotografias dos seus próprios desaparecidos me deram, Se por acaso... A essa altura, meu caso, de minha própria filha, desaparecida simplesmente porque eu me recusava a ter mais notícias dela, começava a me parecer banal e mais uma vez me deixava levar por outra pessoa, agora, porém, sem nenhuma revolta, nem pensei em recusar, fui, pra onde me puxaram, decerto satisfeita por não ter de me emocionar com mais nada senão Cícero Araújo e a pobre e ambígua Maria Degolada, cuja história também continuava a crescer e enroscar-se como as vielas e becos da vila, ela aparecendo pra atender pedido de quem tivesse coragem de chamar seu nome três vezes, em noite de lua cheia, na frente de um espelho, que vaidosa era, adorava espelho!, Se tu tem medo, não deixa janela aberta em quarto com espelho grande que ela pode chegar pra te assombrar, ainda mais se for perto de quartel, por onde ela sempre ronda pra assustar qualquer soldado. Ri por dentro, Pense numa boa serventia pro tal espelho que Norinha plantou de cima a baixo da parede bem em frente à minha cama!

Tá difícil, já andamos muito, reconheceu Adelaida, cujas pernas começavam a faltar, quase como meus pés que eu nem sentia mais. Era perto de três da tarde, o sol quente. Tu já subiu lomba debaixo de uma soalheira dessas, Barbie?, Claro que não, boneca preguiçosa. Adelaida perguntou, por fim, Tu ainda aguenta subir lomba? Só o que falta agora a gente fazer é ir na capelinha pedir a graça pra Maria. Vamos, mulher, coragem, só mais um pouco pra cima. Fui como pude, e mesmo ela parando um pouco pra tomar fôlego, antes de dizer Depois, pra não deixar nada por fazer, é só descer pela rua Paulino Azurenha, passar no Beco da Bruxinha que lá eu conheço um rapaz de confiança do homem, ninguém sabe mais dos moradores daqui que o pessoal dele. Que homem?, minha ingenuidade perguntou, O que está em Charqueadas e manda em tudo lá e aqui, respondeu Adelaida e continuei sem entender nada nem fazer mais perguntas porque já estávamos chegando à capelinha.

    Lá estava ela, num beco estreito, não mais que um telhadinho sobre quatro colunas, cobrindo pequeno espaço contornado por uma grade baixa, semelhante a tantas que eu tinha visto em frente às casinhas do lado da Bento, não muito diferente de tantos santuariozinhos de beira de estrada onde meu povo também rezava e pedia. Num dos lados do quadrilátero de chão azulejado, dois degraus como um arremedo de altar, uma vasilha rasa de cerâmica cheia de flores diante de uma cruz branca de ferro forjado, as paredes do bequinho em volta cobertas de pequenas placas de pedra ou cimento registrando graças alcançadas e os nomes dos devotos. Duas placas bem maiores, sem nenhuma referência religiosa, destoavam do conjunto, uma, de pedra, registra o resgate da história da Maria por um grupo de teatro, outra, de metal, assinada por uma associação de moradores, grupos feministas e órgãos municipais, pelo centenário da morte de Maria Francelina, "em repúdio à violência e discriminação contra as mulheres", intenção de promover a santa a símbolo feminista? Pelo jeito, o povo continua a preferi-la milagreira mesmo, das que concedem graças sem cobrar adiantado pelo serviço, a julgar pelo bom número de ex-votos de todo tipo, de velas e buquês de flores murchas até uma garrafa de cerveja vazia com um laço de fita vermelha em volta, encostados pelos cantos e dentro da capelinha. Adelaida ajoelhou-se e me puxou, ajoelhei também, imitei-a, de mãos postas apoiadas à gradezinha, de frente pra cruz. Reza aí, tu também, pede pra Cícero Araújo aparecer. Rezei. O que é que tu vai prometer se alcançar a graça?, hesitei, Uma vela bem grande... um buquê de rosas brancas... tentava achar mais alguma coisa pra prometer, sem saber o que bastaria pra satisfazer, se não à Maria Degolada, pelo menos à Adelaida que não pareceu muito exigente, Já tá bom, ela vai atender, agora vamos descer.

E lá fomos, caladas as duas pra não perder o fôlego, os olhos atentos aos possíveis tropeços ladeira abaixo, eu duvidando do pra-baixo-todo-santo-ajuda, a cabeça finalmente livre pra me dar conta de ter-me metido numa espécie de aventura e, como minha xará despencando por um poço a parecer sem fundo, sem vontade nenhuma de parar, porque desde aquela manhã, no meio da agitação que eu mesma causara com a minha pergunta, vinha ganhando uma calma por dentro que havia muito não sentia, as falas, emoções e estranhezas do mundo maior me chamando pra fora e a minha própria amargura encolhendo-se num canto discreto. Estranhezas, eu disse? Engraçado é que eu tinha a impressão de, afinal, quase nada ver de tão estranho assim, neste Sul tão longe de casa, o povo misturado de todas as cores, os petiscos de pobre, aquele tanto de negros gaúchos que eu nunca soube que existiam, violência e solidariedade, pobreza e necessidades, iguais às da minha terra, a pedir milagres. Fui descendo, me lembrando de toda a população de Boi Velho abalada e pondo-se em campo pra tentar achar notícia do filho de Fátima, quando ele sumiu depois da passagem de um parque de diversões mambembe, velas, rezas, promessas, avisos pelo rádio, terço na igreja por intenção do menino que nunca apareceu. Depois fui lembrando as histórias contadas e recontadas pela minha avó, de uma Sãozinha, que morreu cedo, nem sei de quê, e virou santa lá na terra dela, e da pobre da Izildinha, outra mocinha de Portugal, trazida, já defunta, pro Brasil, por um irmão malandro que enriqueceu até virar comendador à custa da fama de milagreira da pobre menina morta, que ele carregava de lá pra cá, em São Paulo, ajuntando graças e dinheiro, rendendo processo na Justiça e notícias no rádio que minha avó ouvia indignada, misturadas com a história da menina Francisca, retirante dada pra criar a uma família rica em Patos da Paraíba, que morreu de exploração e maus-tratos, contavam, o pai-patrão enterrou escondido no mato, fora da cidade, o povo descobriu, canonizou, botou cruz e capela, pediu a graça da chuva na seca e choveu, daí foi tanto pedido e tanta graça que a Cruz da Menina acabou santuário de luxo, com anfiteatro, a capelinha feita pelo povo e mais a igreja que o bispo fez, sala de velas, salas de milagres, restaurante, bares, museu e lojas pra todo lado, tudo lotado de romeiros. De fato, Maria Degolada não era uma exceção. A canonização popular da Maria Degolada, vê-se, não teve tanto sucesso junto a prefeitos e bispos, mas a fé e as dores solicitando infinitas graças eram, decerto, as mesmas, como as velas, as flores, os ex-votos. Tão fácil e rápido canonizar santo de pobre!

Entretida em enumerar santinhas clandestinas, só depois de um bom tempo percebi que estávamos na mesma rua que eu tomara pra subir desde a Bento, sem ter percebido beco nenhum no caminho, mas a placa da rua, Paulino Azurenha, confirmava que era ali que dava o tal Beco da Bruxinha pra onde Adelaida queria ir e pelo qual, poucos passos depois, embarafustou, chegou sem hesitar a uma das portas, cochichou alguma coisa com um rapaz mal-encarado, escorado ao lado da porta fechada, que assentiu e entrou, deixando apenas uma nesga aberta, pela qual eu tentei espiar por cima do ombro de minha companheira, mas vi só parte da sala quase vazia, não fosse o que me pareceu a ponta de um simples banco de madeira. Nada indicava moradia de uma família, não havia quadros, móveis desencontrados, imagens de santos, enfeites e retratos e a indispensável televisão que eu tinha visto, meio amontoados nas salinhas dos barracos de outros becos da vila. Estranhei mesmo, dessa vez, mas fiquei quieta, o rapaz voltou, falou baixo com Adelaida, que me passou o recado Não adianta mais procurar por aqui, não. É pra tu ir na vila João Pessoa, na Associação de lá e perguntar onde fica o Careca, que se for lá ele sabe, e tu diz pra ele que veio da parte do Paulão, e eu tenho de voltar pra casa que os meninos já vão chegar da escola.

Tive a impressão de que agora queriam livrar-se de mim, agradeci a Adelaida, com um abraço desajeitado, Vê se tu volta na minha casa pra dar notícia, se achar o Cícero, porque a gente fica preocupada com aquela mãe. Eu prometi que voltava, mesmo tendo a certeza de que nunca mais acertaria com o beco onde ela morava, e continuei descendo em direção ao trauma, até me encontrar de novo na Bento, mais ou menos no ponto de desorientação em que comecei o dia, apenas meu mantra mudara: "vila João Pessoa, Cícero Araújo", "vila

Já passava um pouco das quatro da tarde, eu tinha andado desde as sete da manhã, sentando-me raras vezes, quando alguma mulher mais atenciosa puxava uma cadeira de dentro de casa e me oferecia pra descansar na sombra, ou em algum boteco, o tempo de comer uma empadinha ou uma cueca virada. E agora? Voltar pro apartamento não me atraía de jeito nenhum. Por que não continuar pro novo destino provisório que me indicaram?, apesar de então já achar tudo aquilo bastante suspeito.

Onde é a vila João Pessoa? Tu segue aqui pela Bento até em frente da PUC e daí entra que fica perto. É longe? É um pedaço... mas tem ônibus, desce em frente da PUC. Andar, nem um pedaço eu não podia, cansada demais. Vá lá, vou de ônibus. Atravessei pro abrigo de passageiros em frente ao Hospital, perguntei a uns garotos de farda escolar qual ônibus passava pela PUC, Qualquer um..., peguei o primeiro que apareceu, entrei pela frente, na cara de pau, e fui de novo, acredite, Barbie, sem que ninguém me incomodasse, desci no ponto indicado algumas paradas adiante, sem pagar

Uuuummm, Barbie, sabe que o cozido que fiz pro meu almoço está cheirando bem e me deu fome?, e que agora vou almoçar e não lhe ofereço porque sua boca é colada, não abre nem pra comer?, e que você é só um recurso mentiroso pra eu me sentir em comunicação com alguém, como se você se importasse, e é de tanta confiança que não vai contar nada pra ninguém? Tudo leseira, sei disso, mas estou gostando, ninguém tem nada a ver

Até mais, boneca, não sei quando. Vou fazer uma sesta e retomar a leitura dos livros que abandonei quando fugi pra rua. Normal

Ilê d'Yemanja e d'Oxum
ARTIGOS RELIGIOSOS

Para melhor servir aos que necessitam de iluminação espiritual, abrimos a possibilidade de **teleconsulta** por **telefone** ou **skype**. A teleconsulta pode ser feita com o Jogo de **cartas**, **búzios** ou **tarot**. O pagamento é efetuado através de débito no seu cartão de crédito (VISA, CREDICARD, DINERS OU AMERICAN EXPRESS) ou por um depósito antecipado à consulta. Sistema seguro e altamente confidencial.

Ligue para: ☎ **(51) 2319-0008**

Nossas secretárias terão o maior prazer em dar as informações necessárias.

Refazer-se exige passos vagarosos. Como qualquer ginástica que se preze, o esquecimento forçado é danoso se exagerarmos nos primeiros dias.

Rosa Amanda Strausz

"Bonjour", mudinha, continue quieta, abra apenas suas páginas que eu vou contando. Ontem descansei um bocado, estirada no sofá branco e agarrada com um livro, lendo o que outros contaram. Fiquei imaginando o quanto lhes custou escrever tudo aquilo ou se, como eu, escreveram pra desabafar e se aliviar. Agora é minha vez

Desci na Bento em frente à PUC, perguntei a um rapaz sentado num banco da parada, vila João Pessoa?, ele apontou uma rua a uns metros da faixa de pedestres, atravessei e me meti por ela, dessa vez prestando atenção à placa, rua Juarez Távora, pra não me perder demais, ou pelo menos pra poder escolher se queria ou não me perder, e fui dar numa praça onde estavam mulheres conversando e crianças brincando. Acheguei-me, Onde fica a Associação, por favor? Entra naquela rua ali e fica logo perto. Segui, achei uma casa com uma placa, porta aberta mas tudo vazio, mais um fim de caminho pra mim, Alice sem saída, dando com o nariz na porta aberta! Eu já ia desistindo e voltando quando um homem saiu de um bar ali perto e veio atravessando a rua numa trajetória enviesada, claramente na minha direção. Parei, esperei, Às ordens, o que deseja?, eu estava ali só tomando um café, senta aí. Não tive coragem de falar nem de Careca nem de Paulão que me pareciam referências escusas. Contei minha história, com uns toques mais dramáticos, como tinha aprendido das mulheres da vila Maria Degolada, Cícero, Paraíba, a mãe chorosa, eu aflita, procurando só de pena da mãe dele... O rapaz me ouviu sem interromper e, ao fim, perguntou o óbvio, em que rua ele morava?, onde trabalhava?, A senhora sabe? Eu não tinha a menor ideia, claro, só fiz insistir em que era na vila João Pessoa, como se de fato acreditasse nisso, mentindo que a mãe havia informado, nem uma palavra sobre a outra vila, pra ganhar tempo, descansar um pouco mais, sentada diante do birô, falando com alguém que passava uma impressão de certa competência, apesar do ar descrente provocado por meus sucessivos Isso não sei. O homem não parecia tão comovido com a minha história, mas se levantou, sem dizer nada, abriu uma gaveta de arquivo, mexeu numas pastas e fichas, passando os olhos naquilo tudo por alto, burocraticamente, como quem faz só por obrigação, sem nenhum empenho pessoal em resolver coisa nenhuma, e finalmente falou Nada registrado aqui, Cícero Araújo, a senhora disse?, a gente não conhece, não. E voltou pro birô, pondo-se a revirar uns papéis. Resmunguei um agradecimento qualquer, dei uns passos lerdos em direção à porta, temendo me ver de novo na rua, Alice diante de mais uma portinha trancada, sem nenhuma chave, sem rumo, mas decidida a não voltar atrás, hesitando, arriscar ou não uma pergunta sobre o tal Careca?, não, melhor não, pode dar confusão demais pra mim.

    Apressei o passo pra sair e quase esbarrei na mulher que vinha entrando, carregada de sacolas, Tu não foi lá, Osvaldo?, Não deu pra ir, tive de atender essa mulher, procurando por um filho que não deu mais notícia. Ele estava enrolando, o meu suposto atendimento não tinha durado nem dez minutos, mas a desculpa esfarrapada por não ter feito algo prometido à outra mulher fez reviver o meu abre-te Sésamo. Na mesma hora ela virou-se pra mim, interessada, Teu filho sumiu? Coitada... Tu tem o endereço que ele morava?, eu mostro pra ti onde fica. Tive de recomeçar a história toda de novo, enquanto o rapaz voltava pro bar de onde viera. A mulher comovendo-se, à medida que eu contava exagerando só um pouquinho a dramaticidade da coisa, que eu nem tenho talento pra isso... Depois as mesmas perguntas às quais eu já tinha respondido Não sei, mil vezes, naquele dia. Mas tu tem certeza que era aqui? Tenho, menti. Então eu te ajudo a procurar, também vendo Avon, é minha obrigação ajudar essa colega lá do Ceará, sofrendo tanto com um filho extraviado, ando por toda parte, todo o mundo me conhece, fica fácil ir perguntando e a gente acaba achando, só que hoje já acabei minha volta, vinha só resolver um assunto aqui com o Osvaldo e preciso correr pra casa, já passa das cinco, ainda tenho muito que fazer, mas se tu quiser me encontra aqui amanhã pelas duas horas, tu vai comigo por aí, perguntando pras freguesas, garanto achar notícia dele se estiver mesmo por aqui.

Enquanto falava, desceu pra calçada, eu atrás dela até a praça, sem saber pra onde ir depois, como estava virando costume, mas ela me tirou do embaraço, Tu podia aproveitar, já que está por aqui, pega aquela rua lá, vai umas três quadras, depois da Dona Firmina tu presta atenção que tem uma floricultura, tem gente de lá da tua terra, vai ver eles conhecem esse Cícero que tu está procurando.

Alívio!, mais um pequeno trecho a percorrer com rumo certo.

Caminhei as três quadras, identifiquei a Dona Firmina que era apenas uma rua, ninguém de carne e osso como pensei por um momento, e segui atenta à floricultura. Havia uma, de fato, assim como havia na calçada em frente, bastante perto, mais um ilê que parecia pra lá de eclético, oferecendo não só búzios mas tarô, astrologia, bola de cristal, nem sei mais o quê. Poderia me servir caso a floricultura estivesse fechada ou desse num beco sem saída. Estava aberta, fui entrando, não vi ninguém de imediato, mas logo a moça pequena demais pra aparecer acima do monitor do computador sobre um balcão, como eu também seria, deu um passo pro lado e a vi, brasileirinha como eu. Fique à vontade... Precisa de ajuda?, bastou pra confirmar, sim, era de "lá", Do Ceará, respondeu. Mais à vontade, recomecei eu com minha narrativa, aqui bem mais sucinta, próxima ao que eu de fato sabia, confessei mesmo que a pista inicial era a vila Maria Degolada, tinha começado por lá, mas vindo bater aqui por indicação dos outros. Ela não se espantou, Tem mesmo muito rapaz do Nordeste que vem pra cá com as construtoras e às vezes não dá notícia, à toa, fica distraído com trabalho, namoro, futebol e esquece de ligar, vai deixando pra depois... Feito meu primo, que está por aqui também e é solteiro... eita!, falou no diabo... olha ele chegando

Um rapaz subia pela calçada com uma moto pequena perguntando, sem sequer desligar o motor, E aí, Laurinha, tudo bem?, me arranja uma aguinha que estou seco, tem alguma coisa pra mim aí? Enquanto enchia um copo com água da quartinha pousada numa ponta do balcão, a moça respondeu O homem da loja lá da Voluntários disse pra você ligar pra ele que quer mais mercadoria. Enquanto ele entornava a água, sofregamente, vi que carregava, atado na traseira da moto, um cesto grande e quadrado com uma pilha de redes de dormir, das mais comuns pra nós, de algodão rústico, feitas em tear manual, axadrezadas em cores vivas, com varandas e punhos brancos, de "lá", sem dúvida nenhuma. Essa aqui é Dona Alice, da Paraíba, está procurando um rapaz, trabalhador de obra, chamado Cícero, que ficou aqui, não deu mais notícia pra mãe. Quem pode saber é você que anda aí por toda parte e conhece todo o mundo.

O rapaz novinho, forte, entroncado, os braços e o rosto largo corados do sol, um sorriso debaixo da longa pala de um boné branco, apanhava mais um fardo de redes detrás do balcão e voltava à moto, Ah, se estiver por esses lados eu decerto já conheço ou acho fácil, como é o apelido dele? Embatuquei: Isso eu não sei, não tenho a menor ideia, o nome dele é Cícero Araújo, veio pra cá com uma construtora e arrumou namorada aqui, por isso disse à mãe que não ia mais acompanhar a firma que queria mandar a turma dele pro Mato Grosso quando a obra daqui acabou. Iiiich, tem uma ruma desses nesta Porto Alegre e à roda toda, mas sem o apelido não adianta procurar, ninguém vai conhecer. Eu mesmo, se procurar pelo Ronaldo do Nascimento, ninguém sabe quem é, mas se perguntar pelo Ceará da Rede, aí qualquer um sabe, aqui pelo Partenon inteiro, a vila São José, então, nem se fala, subindo pra lá do Campo da Tuca, qualquer beco, até a ponta da rua do Mato, e por aí vai. Se ele morar pra cá da Bento, é comigo mesmo. Até em outros cantos, que eu rodo vendendo rede por aí tudo, mas sem saber o apelido... Não seria Paraíba mesmo, o apelido?, perguntei. Iiiich!, tem mais de mil deles pelos alojamentos de operário de construção, pra onde vai quase toda a minha mercadoria! Saudade da terra, sabe como é... Vê se a mãe sabe qual é o apelido dele na firma, que eu confio de achar. Se descobrir, deixa o recado aqui com a prima que eu pego com ela e vou procurando por tudo que é obra ou alojamento onde eu passo, tá certo?, vou ligar já pro homem da Voluntários. E foi-se, manejando o celular com uma das mãos, a moto com a outra, a frase repetida diluindo-se no vento, Deixa recado com a Laurinha que eu

Quer uma aguinha também?, senta aí, descansa um pouco. Eu quis a água, passar no banheiro, alívio!, limpinho, cheirando a desinfetante de lavanda. A Laurinha queria ajudar, queria companhia, conversa, a floricultura sem movimento naquele dia, não tentou me vender flores. Fiquei ali um tempo, dando-lhe trela pra refazer-me com a sonoridade da fala da minha terra, de novo infindáveis histórias de gente que não deu mais notícia, e eu tomando consciência de que era isso o que eu mesma queria e estava fazendo, não dar mais notícias... meio rindo por dentro, eu ia me dizendo um novo mantra: "Não dar mais notícias, não dar mais notícias". O sol já posto havia algum tempo, o azulado do entardecer daqui que demora, escurece devagarzinho, Vou ter de fechar agora, mas se você quiser, é bem a hora do pessoal das obras voltar pra os alojamentos pra cuidar da janta, e tem uns até perto daqui. Se quiser, continua por esta calçada mesmo até a rua do sinal, pega a esquerda e vai, atravessa a Bento e segue em frente, você vai ver, um pouco antes da Ipiranga, acho, um alojamento grande de operários, tudinho lá das nossas bandas. Cearense sei que tem um magote, mas tem outros, muitos, deve haver gente da Paraíba. Se Cícero não estiver lá, quem sabe eles conhecem, podem dar o paradeiro dele? Sabe como é, esse povo, vai de obra em obra, muda de firma, são colegas, vão se conhecendo pelo mundo afora.

Ajudei a guardar dentro da lojinha os vasos de plantas expostos na calçada, agradeci, prometi que voltava e fui... Havia luz acesa no tal ilê eclético, mas desisti de parar ali, deixei pra outra ocasião em que necessitasse um endereço qualquer pra me dar um norte, eu que nunca fui de frequentar terreiro, a não ser uma vez assisti, com uma aluna minha que é antropóloga, a um ritual de jurema, e nem pensava que existiam por aqui

Agora paro, Barbie, vou fazer umas comprinhas, almoço, uma sesta de leitura e volto pra continuar nesta desgarrada, diria minha avó. Não se anime pra voltar às suas futilidades, não, viu?, estou só começando, estou só no primeiro dia e ainda

> *... seus corpos atarracados pareciam de homens, pois ninguém ali crescia muito, era difícil distinguir pelo tamanho um homem de um menino. Mas a cara deles era de menino. Cara de quem ainda espera pelo tempo. E estavam ali para saber o que o tempo havia de lhes dar.*
>
> Ronaldo Monte

O sol já está baixando, daqui só se veem os últimos raios batendo num lado dos edifícios e das árvores, desenhadas na borda das silhuetas com um fiozinho de luz. Taí uma coisa que eu estou gostando nesta cidade, é o longo entardecer com essa luz rasante pra fotógrafo nenhum botar defeito...

Então, "silly doll", hoje cedo eu parei de contar o percurso daquele meu primeiro dia de rua justamente quando essa luz estava desaparecendo e deixando atrás tudo azulado. Você nem imagina onde fui parar no fim daquele dia que nunca acabou de verdade até eu vir dar de volta nesta minha moradia postiça. Toca a escrever, Barbie, que esta é a hora que mais periga de entristecer

Voltar atrás?, desistir?, nem pensar! Depois do descanso, da água, da conversa com Laurinha, eu estava pronta pra mais um estirão. Nem fome sentia, tudo o que eu sempre evitava comer, farinha encharcada de gordura e saturada de sal, havia engolido nas terras da Maria Degolada e ainda estava conversando comigo.

Retomei o passo firme daquela manhã e acompanhei o mapa mental que fiz pelas indicações da florista. Virei à esquerda, por uma rua bem movimentada àquela hora, andei uma quadra e vi, mais adiante, antes da avenida, um longo muro, ladeado por uma larga faixa de grama entre ele e a calçada, onde estavam sentados, à meia-luz de um poste já aceso, com as costas apoiadas na parede, três homens que imaginei serem trabalhadores recém-chegados do serviço, tomando a fresca antes de entrar pra jantar. Decerto havia um alojamento ali também, a Laurinha esquecera ou não conhecia ainda. Estuguei o passo, animada, quase acreditando reconhecer meu desconhecido Cícero num dos três, deixei a calçada, aproximando-me deles já pela grama. Mal abri a boca e disse Por favor, senti o fedor suspeito, cachaça ou vinho azedo, falta de banho, trapos sujos que percebi amontoados entre eles, e me dei conta do engano. Tarde demais. Um dos homens já tinha se levantado com surpreendente agilidade e me pegara pelo cotovelo, sem violência mas firmemente. Fiquei paralisada por uns segundos, em pânico, ele me olhando com os olhos vermelhos de bêbado, ironicamente, me pareceu, os outros dois rindo. Tu quer alguma coisa, dona? Disparei meu discurso de defesa, Cícero Araújo, não dava notícia, a mãe desesperada, mas o homem continuava me segurando e olhando daquele jeito, e outro disse Quer sentar aqui? Dei um passo brusco em direção a eles, o homem que me segurava o braço cambaleou e me soltou, corri pra beira da calçada, tropecei no meio-fio, saí catando cavacos pelo asfalto, sem olhar pros lados, até me equilibrar já chegando à calçada do outro lado, diante de outro longo muro coberto por grafites. O mendigo ainda tentou me seguir, Volta aqui, dona!, mas foi impedido por um carro que vinha embalado, do qual escapei por pouco. Continuei em direção à

Bento, as pernas tremendo, mal respirando, apoiando-me com a mão no muro que, pouco adiante, transformava-se numa malha de arame presa a mourões de cimento, cheguei sem ar à esquina da avenida e parei, caindo aos pedaços, no lugar certo: por trás da cerca, não havia dúvida, um desmanche de carros velhos. Atravessar a Bento naquele estado, nem pensar! Ou achava um canto pra me sentar ou ia acabar caindo de vez. Parei, agarrada à cerca de arame, até retomar o fôlego. Havia uma fila de táxis vermelhos parada no meio-fio ali junto. Ia ceder à tentação de deixar Cícero pra lá, entrar num deles, voltar pro apartamento e, então, me dei conta de que não sabia de cor meu próprio endereço, tinha apenas uma vaga ideia de que era pros lados da Protásio! E onde ficava isso, meu Deus? Nenhum pedestre por perto a quem perguntar nada. Esperei um pouco pra retomar o ritmo da respiração e, ainda resfolegando, virei pra Bento, sempre agarrada à grade do desmanche, interrompida mais adiante por um portão e a entrada do que seria o escritório ou loja daquilo. Precisava de um tempo, parar, sentar, falar com alguém, pensar no que fazer. Havia só um rapaz atrás e um tamborete capenga na frente de um balcão. Mais além, prateleiras cheias de ferro--velho. Entrei, desabei no tamborete, Está procurando alguma peça?, fiz sinal com uma mão levantada, a outra sobre o peito, pra que ele me esperasse respirar um pouco, enquanto pensava em algo pra responder. Lembrei-me de meu penúltimo carro, um modelo velho já fora de linha, respirei fundo e perguntei se tinha o painel de plástico daquele modelo, sabendo que não haveria. Bah!, não vai ser fácil, é muito velho e fora de linha há anos, mas eu vou olhar lá dentro. Quer um cafezinho enquanto eu procuro?, ofereceu, puxando uma garrafa térmica e uma pilha daqueles copinhos de plástico mole. Aceitei. Era horrível o café. Fez-me bem. O rapaz nada de voltar. Engoli mais um ou dois copinhos daquela água suja, doce e morna e me senti quase normal. Já não tinha razão pra ficar ali esperando, afinal eu tinha vindo parar naquela esquina da minha já velha conhecida Bento com um rumo determinado.

Saí, procurei pela faixa de pedestres, eu ainda tão disciplinada!, pros dois lados não se via nenhuma perto, arrisquei, atravessei de qualquer jeito e me meti pela rua que ficava quase em frente. Quem me visse pensaria que eu sabia exatamente pra onde ir e tinha pressa. Na verdade, eu não tinha pressa nenhuma, estava prolongando a qualquer pretexto e quase desfrutando aquela nova espécie de liberdade, o anonimato sem destino, uma andança sem pé nem cabeça, cada vez mais movida a pura ficção que, àquela hora, já ia longe do motivo aparentemente real e inicial da minha disparada pra rua. Cícero Araújo, pobre dele, sem saber ia passando de objetivo a mero álibi, perdendo-se e reinventando-se a cada etapa do meu jogo de esconde-esconde.

Continuei mais duas ou três quadras, procurando alguma coisa que parecesse alojamento de operários, e vi um homem de capacete amarelo entrando na porta de um prediozinho que dava direto na calçada. Acelerei o passo, ele já havia desaparecido, mas a porta continuava aberta e não tive dúvida: ali dentro, já desde a entrada, dezenas de beliches enfileirados e uns tantos homens deitados ou sentados, conversando à luz fraca e amarela da única lâmpada, pendente de um fio. Ao fundo, outra porta conduzia ao resto da casa.

Bati palmas, olharam-me sem se levantar. Por favor, comecei, preciso de uma informação. Um deles, mais próximo à porta, levantou-se preguiçosamente, ah, como eu o compreendia!, veio vindo. Imediatamente comecei a desenrolar minha lenda de Cícero Araújo. O operário, novinho ainda, virou-se e lançou aos outros a pergunta, Alguém aí conhece um Cícero Araújo, da Paraíba?, silêncio, cabeças acenando que não, o rapaz me olha com certa pena, sinto-me desamparada, outra vez num fim de linha, recomeço, insisto com a minha história, mais um deles se aproxima, alguém lá dentro diz Melhor chamar Galo, é quem pode saber, some pela porta do fundo e volta logo, acompanhado de um homem mais velho, outros se levantam e vêm na minha direção, saem pra calçada, uns me cercam, cheiro de sabonete, de colônia barata, de banho recente, os demais encostam-se à parede, todos aguardam a palavra do Galo, evidentemente um líder ali, mais velho que os outros, ar de autoridade embora mais franzino e baixo que os demais, que me olha interrogativamente. Reconto a história, com mais detalhes, a indicação da Laurinha, o Ceará das Redes, Foram eles que me mandaram pra cá, conhecem? Sim, conhecem. Outra vez: A senhora sabe como é o apelido dele? Não, Cícero Araújo, da Paraíba, João Pessoa mesmo, eu repetia, só isso. Mas tem certeza de que era desta firma? Não sei, nem a mãe dele sabe, eu desacorçoada, parada na calçada, Sem o apelido não vai achar nunca, minha senhora, eu mesmo, que estou aqui há anos e já andei em tudo o que é construtora, se perguntar pelo Galo todo o mundo conhece, mas Severino do Ramo Silva eu mesmo posso chegar a dizer que não conheço, até lembrar que é meu nome! Mas escreva meu número, a gente vai procurar saber, com outros colegas, no escritório da firma, e a senhora vai me ligando. Tirei da bolsa uma cadernetinha e a caneta, anotei o número do celular, descrente, porém. Não me movi, nem eles.

Por falta de alternativa, por não ter mais aonde ir, insisto, Não tem nenhum da Paraíba aí?, se for de lá, de repente conhece Cícero pelo nome. Percebo cochichos, por trás do Galo, entreolham-se, hesitantes, ouço Só se for... é, só se for, o rapaz de ontem, é, só se for... ela pode ir ver lá, que aqui não tem nenhum paraibano, nem sei se aquele era... Calam-se todos, olham-me consternados, meu olhar percorre aqueles rostos, os corpos rijos, gordura nenhuma, músculos e tendões salientes, todos de "lá", longe das mães, costumam mandar notícias? Repito Ele não deu mais notícia, a mãe está feito doida de desespero... Ali parados, nós, de "lá", exilados todos, eu, de novo mãe, eles, filhos, pais, irmãos, quem sabe? O Galo, finalmente, avança um passo, toca de leve meu braço, diz Só se for o rapaz que se acidentou, ontem, de outro alojamento, era novo na obra, a gente quase não conhece, o Samu levou, só se a senhora for lá ver lá no HPS, o pronto-socorro, o grande, da Osvaldo Aranha, junto do parque da Redenção, sabe? Eu não sabia. A senhora segue por aqui, no fim da praça vira à direita, vai dar na Carris, e pergunta o ônibus melhor pra chegar lá. Mais um percurso definido, estava bom pra mim mesmo sem saber o que era a Carris, e fui

Passei pela praça, mães e meninos pequenos. Vontade de sentar-me e ficar, mas não parei, sentimento esquisito, não tinha o direito de misturar-me com eles. Virei à direita e pouco mais adiante entendi o que era Carris: nenhum trilho, mas um enorme cercado com dezenas de ônibus. Perguntei ao brasileirinho de quepe, junto ao portão: pro pronto-socorro da Osvaldo?, supondo que a tal avenida indicada pelo Galo também era naturalmente tratada com essa intimidade, sem sobrenome. Deu certo!, É bem aquele que já está com o motor ligado, vai sair agora, espera ali debaixo do abrigo e pode ir que chega mesmo lá.

Pronto, Barbie, à próxima parada, que vai durar uma noite inteira, você só vai chegar amanhã. Eu, agora, sopinha, novelinha, caminha, uma senhora aposentada, conformada e solitária como outra qualquer

Era mais fácil lidar com a falta de sentido do que com a falta de objetivo, então em vez de mentiras eu agora invento objetivos na cidade.

Herta Müller

Oi, boneca, bom dia. Acabo de folhear seu caderno e dar uma lida em diagonal nas últimas páginas. Reparou que muitas folhas atrás parei de falar da minha filha? É bom ou mau sinal? Você que nunca teve mãe nem filha deveria poder julgar com mais objetividade. Pena que você não tem nada dentro dessa cabeça, acho... Lembro agora de ter visto na capa de um dos livros que bisbilhotei por aí, acho que de um escritor-fotógrafo paulista que escreve sobre gente de rua, a imagem de uma cabecinha parecida com a sua, decapitada, pobre boneca, rolando na lama de uma sarjeta

Agora venha, corra pra não perder o ônibus!

Esperei o ônibus sair da garagem e parar junto ao abrigo, acenei um agradecimento ao funcionário do portão e nem pensei duas vezes: entrei tranquilamente pela porta da frente, sentei-me no primeiro banco, junto à janela e parti, pra adiante, sempre em frente, só eu, absolutamente passageira, o cobrador e o motorista. Por um instante tive vontade de puxar conversa com ele, mas o que restava da professora Póli, tão respeitadora de regras, me conteve ao dar com os olhos no aviso Não converse com o motorista, logo acima de outra plaquinha que ignorei: Assentos reservados a idosos e portadores etc. Nem tanto ao mar, Alice, pensei, na velocidade em que você está se deteriorando, daqui a pouco você vira idosa por lei, só uns poucos anos a mais, uma parcela agora tão pequena da minha vida, nem vale a pena considerar.

Era já noite fechada, mas nem me dei ao trabalho de tirar o celular da bolsa pra ver as horas. Já me aprontava pra simplesmente me entregar ao sono no conforto estofado do ônibus da Carris, como depois fiz, tantas vezes, longas sestas até um ponto final qualquer e de volta. Desde aquela manhã, ou talvez houvesse muitos dias, o tempo tinha mudado de qualidade, não mais marcado pelo compasso das horas, minutos, segundos, mas um fluxo quase contínuo, interrompido aqui ou ali por pesadelos ou pelo susto de me crer diante de portas definitivamente fechadas que em seguida revelavam novas frestas por onde me meter. Talvez seu tempo também seja assim, Barbie, sem horas nem minutos, só acidentes pra marcá-lo?

Na primeira parada após a saída da Carris, o leve solavanco da frenagem me fez abrir os olhos e vi entrar pela porta da frente uma senhorinha de cabeça branca, não dava pra saber de que cor haviam sido seus cabelos, roupas muito usadas, ar tão cansado!, e sentou-se a meu lado, logo junto à porta. Outra vez a vontade de conversar. Por artes de Cícero Araújo, eu estava pegando embalo, pelo jeito já em parte liberta do mutismo raivoso dos dias anteriores, emergindo daquele buraco em que havia me metido e pondo a cabeça pra fora em outro mundo ainda por explorar. Ela deu um suspiro e peguei a deixa: Cansada, não é? Eu também estou cansada que só! Bastaram estas poucas palavras pra ela perguntar, sem me responder: Tu não é daqui, é? Fiquei sem saber se descobrira pelo meu sotaque ou por estar falando com uma desconhecida, assim, sem mais nem menos, perguntando uma coisa pessoal, vai ver não é costume, pensei. É, não sou daqui, sou da Paraíba, cheguei há poucos dias. Ela me olhou de cima a baixo, Vai pra algum hotel lá no centro? Não, vou pro pronto-socorro da Osvaldo Aranha. Pro HPS?, tem alguém teu lá? Novamente convoquei Cícero Araújo, contei tudo e, como de costume, recebi de volta a longa história de outro filho perdido de uma prima da vizinha dela. Ia descer antes da Redenção, pro Bonfim, pra casa de uma mulher ainda mais velha que ela, É bem velhinha, meio esquecida, sozinha, a empregada fica de dia e eu de noite. Acabou por me resumir sua biografia, chama-se Altina e um sobrenome italiano que não lembro mais, sozinha também, Mas não posso me queixar da minha saúde, sou forte!, não se casou, a mais nova dos irmãos, todos homens, ficou tomando conta dos pais até morrerem, os outros não se importavam, Tu sabe como é, homem não cuida. É o que eu sei fazer, cuidar, sempre dormi pouco. Venderam a casa dos pais e dividiram o dinheiro, Era herança de todos, né?, agora moro na casa de uma sobrinha, e trabalho assim, acompanhante de noite, pra ajudar na despesa... Desceu antes de mim e quase perdi a parada do hospital, distraída, pensando em tantas moças-velhas que eu conhecia, na minha terra, com a mesma mínima biografia, destinadas a acabar morando de favor em casa de algum sobrinho.

 Uma ambulância piscando e berrando me chamou ao presente, estava chegando ao pronto-socorro. Desci no ponto mais perto do prédio grande, alguns degraus e uma porta larga na esquina, entra e sai de gente a me indicar meu próximo destino: um saguão arredondado, bancos contínuos de madeira acompanhando as paredes curvas até a porta, quase inteiramente ocupados por gente de todas as idades, cores e ar igualmente tristonho. Do lado oposto, um balcão, por trás dele funcionários vestidos de branco e duas portas de vidro, uma de cada lado, semiabertas, onde só podiam entrar os autorizados. Eu certamente não era autorizada, pelo menos ainda não. Tratei de puxar minha senha de um bolso imaginário: fui ao balcão, esperei atenderem aos que chegaram antes de mim, pacientemente, com aquela minha qualidade de paciência recentemente adquirida, de quem nada tem a fazer nem mais aonde ir nem pra onde voltar, até conseguir encostar minha barriga no balcão e me ver diante de uma funcionária, olhando-me interrogativa, apesar de nada dizer. Cícero Araújo veio em meu socorro, perguntei por ele, misturando a história da mãe desesperada lá na Paraíba ao aviso dos colegas de trabalho sobre o acidente na obra, sem deixar nenhuma dúvida sobre a identidade do acidentado. Encaminharam-me a uma mulher negra de ar competente e atencioso, por trás de um guichê de vidro e um computador. Repeti a lenda inteira, ela, compadecida, atacou o teclado, perscrutou na tela todo o cadastro de pacientes, Aqui não está, há três dias não deu entrada nenhum acidentado de obra e nem se acha o nome dele, mas vou ver em outros postos, a senhora sabe em que bairro é a obra onde foi o acidente?, pode ter ido pra um pronto-socorro mais perto de lá. Eu não sabia nada, Desculpe, estou muito nervosa... Ela me olhou, pensativa, não arredei pé, estava mesmo tensa, sentia-me fraudando a funcionária dedicada e os demais, atrás de mim, agoniados, em busca de notícia de parentes, eu com minha história mentirosa, colcha de retalhos de fatos verdadeiros. A mulher pegou o telefone, chamou a dois ou três outros lugares em busca de Cícero Araújo, esperando longamente pelas respostas, olhando-me com pena, Não te desespera, a gente vai encontrar o guri, continuou até esgotar todas as possibilidades e silenciar por uns segundos, o olhar ainda mais penalizado, Só se... já foi ao instituto médico legal?, ou outro município?... Murmurei um Obrigada e dei lugar a quem me seguia na fila.

    Cansaço absoluto e fome fincaram-me no meio do saguão, zonza, olhando aquela larga porta aberta pra nada. Um lugar vago num dos bancos era tudo o que me restava. Ali desabei e fiquei, de olhos fechados e a cabeça pendendo sobre o peito, como tantos outros sentados naquele não lugar, esperando minhas pernas pararem de tremelicar, pensando apenas nelas e na sensação do meu estômago oco. Não sei quanto tempo parei ali. Lembro-me de que, afinal, a fome venceu, abri os olhos, puxei o celular da bolsa pra ver as horas, a bateria estava descarregada, procurei em torno e vi um relógio na parede do saguão, já passava das nove da noite, levantei-me, as pernas agora quase firmes, desci os degraus da porta até a calçada, buscando algo pra comer, e o que havia no meu raio de visão era uma carrocinha de pipoca. Arrastei-me até o pipoqueiro, perguntando-me desde que horas ele estava ali, se tinha casa à qual voltar, se só comia pipoca o dia inteiro, minha cabeça a andar à roda, agarrando-se a fiapos de pensamentos sem sentido. Cheguei junto dele remexendo a bolsa à procura de uns trocados que tivessem restado da farra de salgadinhos e biscoitos da Maria Degolada. Eu não tinha comido mais nada desde então. Puxei um bolinho de notas de dois reais e umas moedas, estendi-as ao homem, ele escolheu o que correspondia ao preço do saco de pipocas e me entregou tudo sem trocarmos nem uma palavra. Escorei-me no poste junto da carrocinha e enfiei na boca, de uma só vez, o maior punhado de pipocas que pude, sem me importar com as poucas que escaparam e foram ao chão. Engasguei-me, a boca seca e cheia, tentando segurar a tosse pra não fazer chover mais pipoca pra todo lado, mas não consegui, a ex-professora Póli cuspiu um jorro de piruás, tossiu de se acabar, encostada num poste de lugar nenhum, o mundo escurecendo. Alguém se aproximou e começou a me dar tapas nas costas. Pode rir, Barbie, é cômico agora, mas na hora, vou lhe contar, um aperreio danado!, achei que ia sufocar pra sempre. O pipoqueiro abriu um isopor que estava no chão ao lado do carrinho e me estendeu um copo de água, supostamente mineral, cuja tampinha eu não conseguia rasgar com uma só mão, sem querer largar o resto do saco de pipoca e tomando tapas nas costas. Afinal, a mulher prestativa parou de me surrar, ajudou com o pacotinho e o copo, e consegui beber uns goles, a tosse amainando, o mundo, embora frouxo, reaparecendo.

Minha boa samaritana, de nome Zelima, me conduzia, gentil, Vamos sentar um pouco ali na escadinha que tu precisa descansar. Deixei-me levar, voltando atrás quando o pipoqueiro cobrou, Ei, mulher, não vai pagar a água?, estendi a ele o dinheirinho restante, catou escrupulosamente o preço exato, contando moedas, e fui me sentar nos degraus à porta. Zelima sentou-se ao meu lado, segurando fielmente o meio copo de água e o meio pacotinho de pipocas e, assim que me recompus, devolveu-me aquele simulacro de refeição, dizendo Come que tu está fraca, bebe o resto da água pra empurrar. Só balancei a cabeça, obedeci, ela recolheu os invólucros vazios e foi jogá-los numa lixeira, na calçada, voltou e sentou-se de novo junto a mim, em silêncio. Só então olhei bem pra ela, negra, roupas baratas e sandálias gastas, um saco plástico em vez de bolsa, o rosto, ainda bonito, mais envelhecido do que as mãos. Não tive voz pra falar, agradecer, peguei e apertei a mão dela, ficamos ali, as duas, de mãos dadas, vendo a rua esvaziar-se. Lembrei uma cena parecida, de há muitos anos, eu sentada nos degraus de entrada do correio central em João Pessoa, ao lado de uma mulher como essa que me levantara de um tombo por tropeçar no meio-fio. Veio-me em seguida a voz de uma antiga aluna minha no curso de francês, jornalista que havia dado várias voltas ao mundo, Sabe o que descobri nessas minhas viagens?, os muito ricos e os muito pobres são iguais em toda parte.

Então ela disse Está ficando frio, eu vou entrar, ficar esperando notícia do meu filho que a moto atropelou, levaram lá pra dentro, não sei se ainda sai hoje. E tu, está melhor? Já pode ir pra casa sozinha? Casa?, que casa? Não, eu também tinha de passar a noite ali mesmo, Cícero Araújo, a mãe dele sofrendo na Paraíba e tudo o mais, fui contando, enquanto subíamos de volta pro saguão do pronto-socorro. Será que aqui tem banheiro pra visitantes? Tinha. Fomos lá as duas, com papel-toalha umedecido tratei de me dar um banho de gato, senti-me melhor, o sal da pipoca fazendo seu efeito, peguei mais um copo de água de um bebedouro, minha coragem ressuscitando.

Havia menos gente nos bancos, alguns lugares vagos, esparsos, Zelima me orientou pra um deles, no canto perto da porta, Fica aqui que dá pra tu encostar a cabeça de lado, nessa coluna, tu precisa descansar, até dormir um pouco. Obedeci, agradecida. Ela perguntou alguma coisa no balcão e foi sentar-se em outra vaga, mais pra dentro. Fechei os olhos, apaguei.

Acordei, de repente, quase seis e meia da manhã, disse-me o relógio da parede. Sim, Barbie, eu tinha dormido a sono solto, por várias horas, sentada no banco de madeira, troncha, apoiada de lado na saliência da parede, e ninguém me perturbou. Mais uma descoberta!, eu ainda não sabia o quanto me seria útil, mais tarde. Precisava ir de novo ao banheiro, custei a me levantar, o corpo todo dolorido, Zelima não estava mais lá, desejei que o filho dela tivesse recebido alta, nada de mais, só escoriações, se Deus quiser. Fui em busca do banheiro, a água fria no rosto acabou de me despertar, bebi mais água, espreguicei-me, fiz uns exercícios de alongamento que uma aluna fisioterapeuta me ensinou, desentortei-me um pouco, voltei e sentei-me de novo, junto ao outro lado da porta de entrada. Pra onde ir?, por enquanto, pra lugar nenhum, continuar escondida ali, invisível entre os invisíveis com suas garrafas térmicas e suas cuias de chimarrão, espiando, por todo o tempo que eu quisesse, aquele pedaço de mundo no qual tudo que a cidade quer esconder abre-se como um abscesso supurado.

O movimento no saguão parecia bem maior, logo se encheram todos os espaços nos bancos do saguão, gente falando alto, entrando e saindo das portas de vidro ao fundo, devia ser hora da mudança de turno. A mulher que me atendeu na véspera e se esforçou tanto pra achar Cícero já havia sido substituída. Distraí-me olhando, um por um, quem estava ali sentado, esperando alguém, notícia, morte, vida, ou coisa nenhuma, como eu. Dei com os olhos num homenzinho franzino, achei que o reconhecia, o mesmo de quem eu comprara meu primeiro salgadinho gaúcho e um café, vinte e quatro horas antes, há séculos? O mesmo bonezinho achatado, camisa branca, lenço com nó no pescoço e aquela curiosa calça com um correr de preguinhas triangulares da cintura à bainha apertada no tornozelo, longe das bombachas bufantes espalhadas pelo país em cartazes de churrascarias, mas não, não era esse, o outro tinha um bigodinho ralo, este vestia um casaco xadrez. Meu olhar já se soltava dele pra continuar vadiando, mas foi interrompido por dois rapazes que pararam à minha frente, quase roçando meus joelhos.

Diante de mim, tapando a vista do resto do saguão, um jovem que saía, o jaleco branco dobrado no braço, outro que entrava, jaleco vestido, estetoscópio pendurado no pescoço. Não pude nem quis evitar ouvir a conversa, pontuada por mútuos tapas nas costas e um bocado de tchê, bueno, trilegal! Bah!, Tu já está saindo?, trocou o plantão?, Nada!, cheguei faz quinze minutos, mas o tomógrafo está em manutenção, peguei um dia livre, que eu mereço, Sorte tua!, que chucro, eu, que não escolhi tomografia, vai, aproveita, doutor, que eu não escapo de trabalhar hoje e estou atrasado. Mais tapas nas costas e cada um pro seu lado. Pude ver de novo as caras aperreadas dos que esperavam notícias de alguém e senti nova revolta querendo vir à tona. E aquele moço não tinha estudado medicina?, pra prestar serviço à máquina?, com tanto doente entrando e saindo, ele não era capaz de dar uma ajuda aos outros, não?, é tanta especialização, tanto estudo que a gente é que paga, pra ficar cada um só com um pedacinho de corpo ou uma máquina pra cuidar

O pior, Barbie, é já não haver, pra se consultar, outro tipo de médico, que trate gente inteira, quase não se acha mais um daqueles tempos, a fazer quinhentas perguntas até à quinta geração dos antepassados, a examinar apertando os lados do pescoço, as costas, o peito, a barriga, perguntando se doía aqui ou acolá, mandava botar a língua pra fora, que nem o velho doutor Montenegro, o único que vivia mesmo lá no interior, não se contentava em escutar pelo estetoscópio, pegava um lencinho de linho branco lavadinho e passado a ferro, estirava nas costas do freguês, um pra cada paciente, um luxo!, encostava a orelha, ouvia daqui e de lá, mandava dizer Trinta e três, várias vezes, ficava ouvindo atentamente e sem pressa tudo o que o corpo dizia, descobria o que a gente tinha e dava jeito, se jeito houvesse, em qualquer achaque, só com aquela malinha pra carregar o estetoscópio, o termômetro, aparelho de pressão, umas espátulas pra abaixar a língua do paciente e mandar dizer ááái, a seringa de injeção, de vidro, numa caixinha que virava um fogareiro a álcool pra esterilizar, o martelinho pra bater no joelho, que eu pensava ser uma coisa mágica fazendo a perna da gente, sem querer, chutar a doença pra longe e ficar logo curada. E aquela lanterninha pra espiar o fundo do olho, que me fazia tentar não pensar em nada, nadinha, pra ele não poder ver meus pensamentos. E mais bloquinho e caneta pra escrever fórmulas das mezinhas que a gente não conseguia ler, mas o Seo Neubauer, o farmacêutico alemão misteriosamente encafuado lá no nosso sertão, decifrava e fazia em xaropes, pílulas, gotinhas, cápsulas e não falhavam quase nunca. Lembro de ir lá na farmácia e ficar nas pontas dos pés pra espiar, por cima do balcão, uma prensa de bronze, em forma de jacaré, ou crocodilo como ele preferia, que se abria levantando a ponta do rabo do bicho, onde ele derramava em concavidades algum pó milagroso, moído num almofariz também de bronze, e fechava com força, pra compactar os comprimidos. Tudo pura mágica! Antes mesmo de tomar os preparados do Seo Neubauer a gente já se sentia muito melhor, quase bom. Agora até parece não haver mais médicos, só engenheiros de órgãos isolados, muitos nem olham pra cara do paciente nem perguntam nada, passam uma batelada de exames eletro-magneto-ultrassônico-cibernéticos, olham pros papéis e pro computador, escrevem em uns e no outro, e a gente mesmo tem de fazer o próprio diagnóstico pra saber em que especialista vai.

Nada disso lhe interessa, não é, Barbie?, você é oca e indolor, e eu aqui escrevendo à toa, só pelo gosto de escrever, chorando as pitangas do passado
    Por hoje chega. Ainda há trinta e nove dias pela frente pra eu contar ou desistir de contar. Vou fazer umas comprinhas, continuar a me acostumar com sair à rua e voltar pra casa. Eita!, eu disse "pra casa". Reparou? Acho que foi a primeira vez que chamei de casa este tabuleiro de xadrez.

Não é porque alguém chama que alguém responde. Não é porque alguém quer que a obra é feita. Só por vezes. De nada vale querer que existam nos escombros os fantasmas.

Lídia Jorge

Vamos lá, boneca, desculpe perturbar mais uma vez seu sono eterno, mas é que ainda me falta escrever muita coisa de que preciso me livrar, ou de que não quero me esquecer?, antes de queimar você com tudo dentro. Não, acho que não vou ter coragem de tacar fogo em você, tem sido tão paciente comigo!, só tranco numa gaveta qualquer, está bem? Você deve estar acostumada a acabar abandonada em gavetas, velhas caixas de brinquedos ou... já ia dizer sótãos e porões, mas isso não existe mais, acho que se acabaram antes mesmo de você nascer

Paciência, metade de suas páginas ainda estão vazias e eu só começando a contar o segundo dos meus quarenta dias de rua, e desse dia ainda me lembro, acho, os percursos e paradas que fiz. Não se preocupe, nem que eu queira vou conseguir contar tudo direitinho, dia por dia, porque na medida em que fui me tornando mais e mais gaudéria, vagando solta e sem bússola nenhuma, a não ser meu fugidio Cícero Araújo, tudo foi perdendo nitidez, compasso, ritmo e só me deixou na memória uma longa procissão de rostos e dores e uma repetição do ciclo noite, onde me esconder?, onde dormir?, e dia, o que comer?, como me lavar?, interrompido, aqui e acolá, por cenas ou episódios tipo país das maravilhas cruéis. Mas do segundo dia eu ainda lhe conto quase tudo.

Então, eu tinha empacado lá, no pronto-socorro, sem plano nenhum pro passo seguinte, mas a antipatia que senti pelos jovens doutores, será que eu estava era com inveja de serem assim tão jovens, Barbie?, me fez querer sair dali de qualquer jeito.
    Apesar de certa pena por abandonar meu agora valioso lugarzinho naquele banco, agarrei a bolsa, fiz menção de levantar-me e logo outra mulher veio encostando pra não deixar escapar a chance de sentar-se. Passei mais uma vez pelo banheiro, outro banho de gato com papel molhado, tentei pentear os cabelos com os dedos, ainda bem que tinha mandado cortar curto antes de sair de João Pessoa!, alisar a blusa amassada, umedecendo um pouco as rugas mais marcadas, e bebi outro copo de água que não bastou pra enganar a fome. Ainda aproveitei o balcão ao lado da pia pra pôr ordem na minha bolsa, ver o que havia lá: dobrado no fundo, ainda envolto em papel de seda, aquele xale branco, tão chique que eu até esquecera que o tinha, nem cheguei a usar, de uma lã muito macia, de "pashmina", disseram, presente dos colegas ao me despedir, e mais uma revista de duas semanas atrás, outra, daquelas grátis, de companhia aérea, carteira com vinte e cinco reais em notas, um punhado de moedas soltas junto com o celular descarregado, meio pacotinho de lenços de papel, uma cartela do meu remédio pra pressão alta, que nem me passou pela cabeça tomar na noite anterior, um toco de lápis grafite, uma maçaroca de tickets de caixa registradora e, oh, sorte!, um daqueles envelopes de celofane com pasta e escova de dentes de avião. Que alívio poder pelo menos escovar os dentes e ainda deixar um pouquinho da pasta pra outra ocasião!, punha um toque de normalidade e rotina naquele momento de desaprumo.

Num dos pequenos compartimentos no forro da bolsa encontrei o cartão magnético de uma poupança que eu tinha pra esconder algum dinheirinho, me esquecer dele e lembrar só na hora de uma necessidade. Aquela era bem uma hora que anunciava necessidades próximas, eu não tinha ideia de quanto poderia restar lá, mas me confortou. Estava bom, dava pra ir tomar café em alguma padaria e depois pensar no que mais fazer. Amassei e joguei no lixo a bola de papeizinhos inúteis, ajustei o melhor que pude o casaco de tricô de lã, presente de Tia Brites, Fui eu mesma que fiz, pra você se lembrar de mim lá no frio do Sul!, todo repuxado por ter estado boa parte do dia anterior amarrado em volta da minha cintura, aprumei o espinhaço, apanhei a bolsa e saí, novamente com passo firme, destino certo: uma padaria.

Cadê a padaria? O outro lado da avenida pareceu mais promissor. Atravessei e fui andando ao acaso, entrando numa transversal, não via sinal de padaria, vi um porteiro na guarita de um edifício e resolvi perguntar, subi três degraus pra minha cabeça chegar à altura do vidro e Por favor, meu senhor. Ele remexia em alguma coisa, de costas pra mim. Ao meu chamado, deu uma olhada por cima do ombro e voltou a me dar as costas. Insisti, ele veio de má vontade. Àquela hora, além de brasileirinha, despenteada, os olhos decerto inchados de sono, a roupa amassada e malposta, eu podia muito bem parecer-lhe uma esmoler. Perguntei pela padaria, outra vez o olhar estranho, pôs a cabeça pra fora da janelinha pra me olhar melhor, de cima a baixo. Desta vez, Barbie, juro que não inventei, ele fez isso ostensivamente. Repeti minha pergunta, Não conheço esse bairro, por favor... finalmente respondeu Tu segue por ali, vira pra lá, duas quadras... e deu-me de novo as costas sem querer saber se eu tinha entendido. Eu disse Obrigada pra parede, de qualquer jeito, e segui.

De fato, acabei dando com uma padaria, entrei. Poucas pessoas procuravam produtos nas prateleiras enfileiradas entre o balcão e a entrada. Ninguém fazia fila no balcão, cedo ou tarde demais pra gaúcho comprar pão?, cheguei junto, remexendo a bolsa à cata das muitas moedinhas soltas pra ver o quanto havia, sem querer trocar as notas que recheavam um pouco minha carteira me dando certo conforto. Então, inacreditável!, o homem que ali atendia me lançou gratuitamente uma ofensa safada: Está com fome?, quer um cacetinho? Fiquei estatelada: Como?, por mais que eu pudesse lhe parecer desprezível, nada explicava uma grosseria daquela. Fiquei parada, indignada, procurando uma resposta à altura, se ele tinha faca na bota eu ia mostrar que tinha navalha na liga!, mas não era meu costume xingar ninguém, faltava-me vocabulário ofensivo e nunca tinha me visto numa situação daquelas. Ele me olhando com a cara mais lisa deste mundo, como se aquilo fosse normal, esperando uma resposta, eu reunindo forças pra revidar na mesma moeda, chamá-lo sei lá do quê, o que seria ofensa bastante pra um gaúcho?, seo corno?, seo viado? seo broxa?, meu repertório não ia além disso.

Salvou-me a senhora que passou à minha frente, encostou-se ao balcão e pediu Tu me vê aí meia dúzia de cacetinhos bem assados. Ele, com a maior naturalidade, Bom dia, Dona Rosa, dormiu mais hoje? Achei que nem vinha.

Ainda custei um pouco a entender que o tal do cacetinho não era senão o nosso pão francês, o pão aguado, o papo-seco da minha avó. Não sabia se ria ou se chorava, imaginando a confusão que eu ia aprontar se tivesse tido tempo de reagir, reconhecendo em mim a prevenção latente, pronta pra estourar a qualquer momento, a injustiça quase cometida, minha ignorância e despreparo pra me aventurar assim sozinha em terra alheia. Por sorte a Dona Rosa tinha conversa bastante com o moço do pão pra dar tempo de eu me recompor. Consegui até sorrir, com a mão cheia de moedas e notas de dois reais, e pronunciar sem gaguejar Um cacetinho, sim, por favor, mas gostaria na chapa, com manteiga e um café com leite, pode ser?, o rapaz, gentil e prestativo, Agora mesmo!, serviu-me. O café com leite estava branco demais pra meu gosto, pedi Pode me pôr mais um tiquinho de café? Ele sorriu de lado, perguntou, Tu não é daqui do Rio Grande, né?, confirmei, já acostumada à inevitável pergunta, Sou da Paraíba, e ele: Então não sabe... quando quiser peça um pouquinho ou um bocadinho que fica melhor do que essa palavra que tu disse, aqui é outra coisa, não fica bem. Depois de alguns segundos, com o copo parado a meio caminho pra boca, entendi!, parecia mentira!, desatei a rir feito doida, e tive de explicar-lhe o meu engano com o cacetinho também, rimos um bocado, os dois. Quando saí, olhei bem o nome da padaria e da rua, pra voltar quando precisasse encontrar um conhecido amigável, como se eu já soubesse quantas vezes precisaria voltar.

Café com leite, cacetinho na chapa e riso me puseram em quase perfeita forma, por dentro e pelos próximos instantes, mas restava um tanto considerável de dor no corpo e uma vontade enorme de me deitar e dormir decentemente. Cícero Araújo tinha-se esfumado de novo, meu gato de Cheshire, e desta vez ninguém me deu, espontaneamente, uma pista melhor do que o Instituto Médico Legal. Pra lá é que eu não ia, Deus me livre!, maior falta de respeito incomodar, com a minha dor de mentira, os infelizes que ali jaziam eventrados e congelados.

Não tinha pretexto pra continuar na rua, tampouco vontade de me fechar de novo naquele apartamento de endereço ignorado, de perguntar nada nem seguir mais conselho de ninguém. Em dúvida, voltei pra Osvaldo, de quem também já me sentia íntima, e pro HPS, cujos degraus me permitiam sentar e pensar. Já havia vários inquilinos na escadinha, a maioria mulheres, mas todos mostrando tanto cansaço e desânimo, silenciosos mesmo quando acompanhados, que não tive coragem de puxar conversa. Fiquei um pouquinho, calada mas inquieta, e então lembrei de me terem falado sobre um parque como referência pra localizar o hospital

... e olho para os pés dos homens, e cismo.

Carlos Drummond de Andrade

Não, Barbie, esta noite não dormi em saguão nem em parque nenhum. Não vê como estou bem-disposta a sentar-me, pegar a caneta e continuar escrevendo aqui nesta cozinha, depois desta noite bem-dormida na suíte deste apartamento que me esforço pra aceitar, finalmente, como meu?

Naquela minha primeira manhã de rua, que eu ainda não sabia que era apenas a primeira, alguma coisa na minha vida estava virando de ponta-cabeça e me dava uma espécie de tontura, fazendo-me andar pra um lado e pro outro, pra cima e pra baixo, literalmente.

 Levantei, saí ao léu, por minha conta e risco, recusando-me a perguntar mais alguma coisa a alguém, virei aleatoriamente à esquerda sem a menor ideia da direção certa. Não tinha visto parque nenhum no caminho, nem me lembrava mais de que lado tinha vindo o ônibus que me trouxe até ali. Acertei. Percorrido um quarteirão curto, lá estava o tal parque. Enfiei-me por ele, contornei quadras esportivas, nenhuma de "croquet", Barbie, graças a Deus!, percorri trilhas entre árvores, dei com pracinhas, tanques, fontes, ouvindo passarinhos, farfalhar de folhas verdes acima da cabeça, crepitar de gravetos secos debaixo dos pés, aqui e ali um riso de criança, um grito de advertência de avó ou de babá, despi e amarrei de novo na cintura o casaco de lã, deixando meus braços sentirem, com prazer, alternarem-se o fresco das sombras na manhã e o calor do sol esquentando, o odor de folhas, flores e terra úmida na brisa leve a varrer pra longe os cheiros acumulados na minha pele e nas minhas roupas durante as últimas vinte e quatro horas e limpar da memória o cheiro de loja de móveis que me havia oprimido nos doze ou treze dias anteriores. À toa, como minha xará pelos caminhos de Wonderland, zanzei por bosques e gramados até dar num laguinho alongado, com um repuxo de água no meio, junto à margem uma fileira de pedalinhos em forma de aves, não, Barbie, não eram os flamingos da Rainha e nem estavam sendo maltratados, eram cisnes, falsos mas brancos cisnes, sem dúvida, e àquela hora ainda descansavam tranquilos.

Uma árvore enorme, de raízes salientes, oferecia-se como uma poltrona forrada de capim macio. Não pensei duas vezes, apesar de a relva ainda brilhar com restos do sereno da noite, refestelei-me entre seus braços, com a longa alça passada pela cintura fiz da minha bolsa travesseiro e adormeci imediatamente.

Acordaram-me uma risada e alguma coisa úmida tocando meu tornozelo. Um cachorrinho lambia insistentemente a faixa nua entre a meia e a barra da calça na minha perna esquerda. Na outra ponta da corrente presa à coleira do bicho estava a menina loura, não mais de sete anos, Vamos, Einstein, não faz isso, deixa a pobre dormir, coitadinha, que ela não tem casa!, mais adiante uma avó, só podia ser, ainda bem-aprumada mas a cabeça honestamente grisalha, seria avó profissional, como eu estava fadada a ser?, por gosto?, ou também a contragosto?, Vem, Raquel, se não tu vais te atrasar pra escola.

Aquele "ela não tem casa" ficou ecoando no meu ouvido. Estava mesmo sem teto, a minha casa tinha sido desmanchada lá em João Pessoa, uma espécie de vergonha misturada com coragem. Eu devia tomar juízo, me levantar dali, voltar pra casa que me haviam designado e cuja chave eu trazia na bolsa. Mas não fui. Fiquei, agora apenas modorrando, deitada no chão, à beira de um caminho por onde já passava muita gente, gente aprumada que faz sua saudável caminhada todas as manhãs, um ou outro estudante ou funcionário, apressados, cortando caminho por dentro do parque, e eu largada, vendo o mundo de baixo pra cima, eu ali, ao rés do chão, observando apenas os pés, os calçados, passos, ritmos, tratando de identificar por eles as identidades, os sentimentos, a vida... Pelos pés... Não me mexi por um bom tempo, não queria mostrar a cara naquela situação, um sentimento de humilhação ainda persistia sob a surpresa de ver o mundo por um novo ângulo. Fingia que dormia, as pálpebras entreabertas, mas espiava tudo e todos os que cabiam no meu raio de visão, rasteiro, até sentir que era hora de me mexer de novo, andar, continuar pra qualquer direção, achar ou inventar novas pegadas de Cícero Araújo.

Creio que foi ali, naquele momento, que meus próximos quarenta dias se decidiram sem que eu soubesse. Custei um pouco a me desenrolar da alça da bolsa que tinha passado pela cintura e agora me prendia os joelhos, mas me sentia melhor, desanuviada pelo sono complementar daquela manhã, o corpo bem menos dolorido.

Voltar pro apartamento-arapuca montado pela Rainha Nora é que eu não ia. Levantei-me e lá fui, a alça da bolsa pesando num ombro e enviesada no peito, as mangas do casaco amarradas com um nó à frente da cintura e o resto dele desfraldado atrás de mim, tapando o traseiro ainda úmido do sereno. Ressabiada, sabendo que o cheiro das minhas meias agora interessava especialmente aos cães, tratei de sair do parque onde havia muitos deles, nem todos seguros pelos seus donos. Segui pro lado contrário ao do hospital. Atravessei o que faltava do parque até dar em outra avenida e vi a placa, que sorte!, avenida João Pessoa. Achei primeiro que era de bom augúrio, mas logo me doeu a saudade, querendo voltar pra casa, minha verdadeira casa, que ali eu não tinha nenhuma, só um pouso temporário, eu habitante provisória de agora em diante, pra sempre impermanente.

    Saí caminhando naquela avenida, beirando o resto do parque, com um dos fados de minha avó ressoando na memória, "qual andorinha sem ninho, que nem sequer beiral tem... eu vou rezando um padre-nosso baixinho, pra que as pedras do caminho rezem comigo também". Minha avó, nunca pensei no sentido dos fados que cantava baixinho, para si mesma, quando ninguém mais escutava, que eu, a miúda, não cantava. Aqueles versos doloridos a falar de saudade, aquela minha avó Ermelinda, tão diferente das avós dos outros, que me tomou nos braços quando minha mãe se foi desta vida pra dar início à minha, quando não puderam reter meu pai, doente de dor, outro que se perdeu no mundo sem dar notícia e ninguém pensou, nem tinha como, em procurar pra além do raio de alcance da radiozinha local de Boi Velho.

    Minha avó, ela sim, exilada, nunca me deixou sentir-me infeliz pela minha curta história de menina sem pai nem mãe. Ela sim, exilada, por amor àquele sertanejo bonito e forte, aboiador de primeira, pracinha da FEB cedo desertado da guerra na Itália, que queria ver o mundo e foi dar em Lisboa, a carregar peso no Caxidré, o Cais do Sodré na fala deles, só muito depois descobri. Meu avô, do outro lado do oceano, a cantar aboios, a batucar sambas aprendidos nos quartéis e aprender fados, a encantar, no mercado da Ribeira, a menina, quase uma criança, educada pra ser criada de mesa numa casa nobre à rua do Século, palacete que pertencera a um tal Marquês de Pombal. Ficou até ser descoberto e repatriado, com Linda trazendo nos braços sua Lindinha que cedo demais me pariu e se foi. Pra minha imaginação era tudo parte do mesmo enredo das histórias de fada que ela lia pra mim, "à luz da candeia" como naqueles fados. Minha avó Ermelinda, pra Vô Firmino sempre a sua mesma Linda, sua varina, seu amor. Como se sentiria?, exilada e perdida como eu agora?, eu nunca havia pensado nisso, me orgulhava de ter avós de histórias de fadas, ele, um príncipe a correr mundo em busca da amada, ela, linda marquesa trazida de um reino distante, partindo, de novo, um pouco após a outra, rumo a um reino ainda mais distante, pra não voltar nunca mais. Continuei andando, com mais sentimentos, um pouco de remorso?, vergonha por estar assim com tanta pena de mim mesma?, qual andorinha sem ninho

O parque acabou, continuei em frente, mais um pouco, mais um pouco, procurando alguma coisa, um caixa eletrônico pra verificar se ainda havia algum dinheiro naquela conta cujo cartão trazia comigo, uma loja de celulares pra ver se podiam carregar a bateria do meu, sei lá, qualquer coisa assim prosaica e normal, pra esquecer meu fado, pra secar os olhos, pra tomar outro rumo.

Não encontrava nada que me fizesse parar com um propósito qualquer, então andava, com passo cada vez mais lerdo, exausto, já capenga. Daí apareceu na minha frente o rapaz, descendo da soleira de uma loja de quinquilharias de 1,99, e me disse, Venha, minha prenda, entre, com certeza vai encontrar aqui muita coisa que lhe interessa, nosso estoque foi totalmente renovado. Entrei, só porque ele tinha falado comigo, só porque meu estoque de coragem estava esgotado, só porque queria chegar a qualquer lugar, só porque não sabia aonde ia. Fique à vontade, fiquei, porque era na avenida chamada João Pessoa, porque aquilo era tão igual ao que se encontrava em qualquer outra cidade, tão neutro, tão 1,99 que me servia como uma luva, refúgio passageiro, esconderijo à sombra.

Enveredei pelos corredores daquele espaço enorme de prateleiras cheias de tralha chinesa, coreana, paraguaia, ou "made in" qualquer fundo de quintal ou barracão de exploração de pobres bolivianos, frascos e potes de plástico dos mais variados formatos, vai alguém saber pra que devem servir!, aquelas cores agressivas que aos poucos estão recobrindo quase o mundo todo, inutilidades revestidas desse seu cor-de-rosa berrante, Barbie, ou cor de verde-rã-de-desenho-animado, púrpura-de-bispo, amarelo-gema-de-ovo-de-capoeira, jerimum-maduro-quase-passado, vermelho-melancia, azul-elétrico, todas as inutilidades e mínimas utilidades baratas, pilhas de caixas de suas falsificações, Barbie, se é que há Barbies que não sejam falsificações. Nada pessoal, amiga, "sorry", não fique chateada, mas você há de convir... Deixe pra lá

Surpresa!, após uma infindável exposição de porta-retratos de todo tamanho, me deparei com uma inacreditável mesa com pilhinhas de livros, vários exemplares de cada título, bordas amareladas mas as lombadas jamais dobradas, fundo de estoque de uma livraria falida?, de tudo o que eu gostaria de ler e, de certo por isso mesmo, não vendia, bem que a Elizete sempre me disse que olhar minha estante dava desânimo, Só tem livro chato!, ao exato preço de 1,99, aliás, praticamente a única coisa na loja que só custava mesmo 1,99. Havia quase vinte títulos, mas fiz minhas contas e decidi Não mais de dez, a 1,99 vezes dez, igual a 19,90 e ainda me resta o que pôr neste estômago reclamão. Fui escolhendo, desescolhendo, reescolhendo, em dúvida, em tentação, mas fiel ao limite de dez volumes. Afinal, Depois eu volto, se for o caso, tinha nos braços os dez que queria levar e procurei o caixa pra pagar.

O caixa era longe, lá perto da porta, e antes de chegar a ele eu já tinha levado alguns encontrões, esbarrado em prateleiras e me acocorado várias vezes pra recolher parte do meu butim espalhado pelo chão. Cheguei finalmente ao caixa, abraçada com Julia Kristeva, Ishiguro, Moacyr Scliar, Magris, Semprún, Baricco, Updike e por aí vai, não conseguia abrir a bolsa sem deixar tudo cair de novo, a moça por trás do balcão esperando, enfastiada, sem fazer nenhum gesto pra me ajudar, virei-lhe as costas, ancorei um cotovelo no balcão, empacada, olhando vagamente à volta em busca de algum socorro, até dar com a vista numa prateleira alta, inteiramente inacessível pra mim, onde se exibiam mochilinhas infantis com cabo e rodinhas e um enorme cartaz, Oferta 19,90. Finalmente um rapazinho com um crachá chegou perto, Precisa de ajuda?, sim, eu queria uma daquelas mochilas, a mais discreta, por favor. Ele subiu numa escadinha e gritava lá de cima Esta?, ou esta?, ou esta?, eu não via diferença, de longe, e acabei por responder Qualquer uma com rodinhas. Claro, Barbie, por aquele preço não era uma mochila da Barbie, mas era quase, trazia impressa uma menina de olhão, imitada de mangá japonês, ridículo pra uma velhota como eu, Que me importa?, vai essa mesmo, faz de conta que é pra minha tal neta adiada, azar dela se não gostar!, pensei, sarcástica. 19,90 mais 19,90, o dinheiro na minha carteira não dava, mesmo renunciando a qualquer tipo de almoço. Lembrei do cartão eletrônico, tentei, hesitei com a senha, mas acabei conseguindo, funcionou, havia fundo no banco. A mochila era maior do que parecia de longe, meti nela todos os livros e ainda a bolsa, saí célere, aliviada do peso, puxando aquilo atrás de mim, os vinte e cinco reais e o cartão magnético no bolso da calça, o passo firme de novo, pra rua.

 Pronto! Agora sim, eu podia voltar pro apartamento com um fito decente: ler todas aquelas tábuas de salvação. Faltava descobrir o endereço. Ando mais um pouco, procurando um orelhão, o jeito era ligar a cobrar pra Elizete, enrolar, Não, ainda não achei o Cícero, tenho uma pista boa e vou lá, mais tarde, justamente, andei a manhã toda atrás dele, vou almoçar, tirar uma sesta e continuo, mas não decorei meu endereço, estou na rua e não lembro pra dizer ao taxista, esqueci o celular em casa, diga aí pra mim

 Os dois orelhões que encontrei, já longe dali, não funcionavam, claro, bastava reparar pra ver montes de gente agarrada ao celular, Quem mais usa orelhão neste mundo?, ô Alice, te liga!, no segundo deles o fio do fone pendia, cortado, mas na mesma esquina havia uma lojinha de venda e conserto de celulares. Sim, o homem podia carregar pra mim, Pelo menos uma carga rápida de emergência até tu chegar em casa, só dois pilas, senta aí. Abanquei-me no tamborete oferecido, mas meu estômago não queria esperar mais nem um minuto e vi pela porta uma carrocinha de cachorro-quente do outro lado da esquina. Fui lá e voltei trazendo o pão com salsicha, montes de mostarda escorrendo no guardanapo de papel e o luxo de um saquinho de batata frita, uma latinha de refrigerante, o tamborete à sombra, a parede fresca pra escorar as costas. Será que cochilei?, não sei, mas me assustei quando o rapaz chamou Olhaí, já tem carga pra muitos minutos. Paguei, agradeci, saí, comprei mais um cachorro-quente da carrocinha e não pensei mais em telefonar a Elizete, nem queria saber endereço nenhum, nem voltar pra lugar nenhum, só continuar à toa. À toa?, que nada! Levei um susto quando me dei conta de que estava margeando a Universidade Federal, o antro onde estariam Norinha e Umberto, talvez me espiando por uma fresta de janela, teriam me descoberto?, planejavam capturar-me? Vôte! Que leseira, Alice!, deixe de paranoia, eles estão pra lá do Equador, do Trópico de Câncer, do outro lado do oceano, do mundo, nem por satélite poderiam me achar aqui. Mesmo assim, apressei o passo e peguei uma ladeirinha que se curvava pra direita, afastando-me dali o mais rápido que pude, feliz de poder arrastar com rodinhas pelo menos o peso externo que carregava.

 Fui dar numa pracinha triangular com nome de bispo e descobri lá um prédio da Santa Casa. Aliviada, imaginei que haveria outro saguão pra passar a noite, se necessário, havia sombra de árvores, sentei um bom tempo por ali, folheando gulosamente os livros recém-comprados, mas sem deter-me em nenhum, dispersiva como nunca achei que poderia me tornar, a professora Póli, sempre tão centrada, leitora disciplinada de capa a capa, diluindo-se rapidamente, azoeirada no fluxo de movimento incessante, sem sentido, da cidade enorme e desconhecida. Eu, acostumada com uma cidade que agora me parecia pequena, e era tão grande quando cheguei de Boi Velho!, parte estirada numa restinga outra espremida entre falésia e mar, ou entre floresta e mangue, na qual não havia realmente centro e periferia, mas frente: a praia, e verso: o antigo porto às margens do rio Sanhauá. Não conseguia me situar aqui, cuja frente não tinha achado ainda, embora imaginasse que era às margens do Guaíba, e cujo verso não tinha a menor ideia de onde seria.

Por hoje, chega, Barbie. Vou dormir, quem sabe na praia do Cabo Branco ou no Porto do Capim abandonado à margem do Sanhauá?, já estou quase lá. Durma tranquila você também. Amanhã eu continuo. Milena avisou que não pode vir, teve um contratempo, um problema das crianças a resolver na escola. Vem depois de amanhã. Esfriou agora à noitinha. Vou tomar um café com leite, comer pão e torradas, num dia como este eu até agradeço a Norinha ter comprado esse luxo de torradeira elétrica que eu nunca quis antes, faço um ovo mexido, comida de preguiçosa, nem ligo a televisão, leio umas páginas e caio no sono. Dormir até não querer mais. Sabe que já não tenho tido mais sonhos agitados nessas últimas noites?, não que eu me lembre

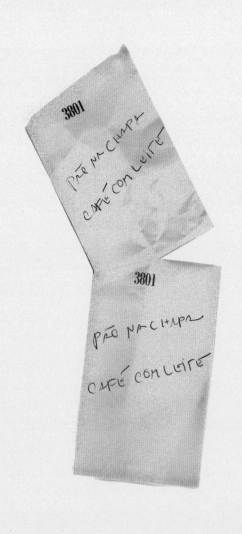

> *... é assim. você quer alguma coisa e vai. mesmo que não faça o menor sentido. mesmo se você para no meio, espantada, repetindo na cabeça tudo que existe pra não continuar. e mesmo se estiver chovendo.*
>
> Elvira Vigna

Vamos, Barbie, pra rua de papel, de novo, que você não vai querer me deixar pra sempre naquela pracinha, ao relento, com saudades do Cabo Branco e do Sanhauá, não é? Ainda não

Já passava bem das quatro da tarde e eu ainda na praça, lendo uma página aqui, outra ali, os olhos escapando delas pra acompanhar ao acaso algum passante, notando que aumentava o número e a zoada dos passarinhos, lembrando-me de que era primavera, por certo tempo de pássaros migrarem aqui também, partindo no rumo do Sul, da Patagônia?, chegando?, de volta do Nordeste?, em João Pessoa as praças do Centro ficam uma festa no mês de junho, bandos de aves migrantes traçando desenhos no céu antes de descerem pra fazer cantar as árvores da praça, as garças fazendo pouso na lagoa antes de continuar pro Norte, Marajó, o delta do Parnaíba?, eu ia ao Centro às vezes só pra apreciar aquilo e sonhava Um dia hei de ir com elas até lá. Só começavam a voltar na primavera. Sobrava sempre alguma garça, cansada, perdida do bando, enfeitando a Lagoa no meio da cidade. Eu estava ali, perdida e sentimental, no meio desta cidade de Porto Alegre, mas não creio que enfeitasse nada.

Um vento mais frio me fez fugir da sombra, procurar um resto de sol, com vontade de tomar alguma coisa quente, um café com leite que ao longo da vida sempre me aparecia como solução pra pequenas dores, pequenos desconfortos, e fui em busca de um bar, lanchonete. Achei um botequinho que me serviu leite ralo com café de garrafa térmica, ainda havia de aprender a tomar chimarrão!, mas me bastou.

Depois de confortada pela bebida morna e açucarada, saí, à toa de novo, esquecida de Cícero Araújo, com a menina do olhão me seguindo, fiel como um cachorrinho, e quase passo batida pela porta de um sebo e livraria, porta estreita, a loja, dois ou três degraus abaixo da calçada, ampliando-se pra os lados e o fundo. Entrei, sem razão, arrastando já comigo um pacote grande de livros de 1,99. Ali não poderia haver nada daquela qualidade por preço menor.

Era um hábito que eu tinha, havia tanto tempo!, passar quando podia no sebo do Heriberto, o maior sebo da Paraíba, do Brasil, do mundo!, e os hábitos servem sempre pra tirar a gente da indeterminação, da perplexidade. Meti-me lá pra dentro, ninguém me perguntou nada, os poucos vendedores ocupados com fregueses promissores, fui pro fundo, sentei-me numa escadinha baixa entre as prateleiras e retomei a ociosa atividade de ler uma página aqui, outra ali, dei com um trecho que falava de mim naquele momento, quis anotar, procurei por algum papelzinho nos bolsos da calça, achei o ticket da registradora da padaria, catei um toco de lápis na bolsa dentro da mochila, assustei-me com a ideia de que todos aqueles livros embolados ali pudessem me fazer passar por ladra, puxei lá do fundo o luxuoso xale de lã, cobri os livros, fechei logo o zíper e concentrei-me em copiar com letra espremida essa citação aí acima. Ainda não me passava pela cabeça a ideia de furtar nada, Barbie, de jeito nenhum!, eu?, imagine! Continuei passeando e fuçando nas estantes, achando mais frases que estavam ali de propósito pra mim, gostaria de copiar, impedida pela falta de papel, com medo de ser apanhada e repreendida se pegasse um dos meus livros pra encher-lhe as páginas de guarda com citações dos outros. Então dei com uma mesinha, a inevitável garrafa térmica, café nenhum, mas copinhos de plástico limpos ou usados e um belo maço de guardanapos de papel, daqueles bem baratos, lisinhos, perfeitos pra meus furtos de palavras. Fui voltando atrás entre as prateleiras, sob as lâmpadas já acesas pendendo de fios nus, recuperando ou descobrindo, numa prateleira e outra, páginas e frases consoladoras naquela minha extravagância, amealhando-as no maço de guardanapos. Nada mais literário, parece, do que escrever em guardanapos, sabia, Barbie?, mesmo que seja cópia, acho

Induzida pelos guardanapos garatujados, o ambiente cheio de possíveis esconderijos, lembrei-me da livraria Shakespeare and Company, em Paris. Aquela história, eu tinha lido sei lá onde, me ficou como uma situação perfeita pra quem quisesse apenas ler e escrever. Eu não, Barbie, aquilo era sonho demais pra mim, mas que era bonito de imaginar, era!, eu chegando à Rive Gauche com manuscritos no bolso e uma mão na frente outra atrás, quase como eu me sentia naquele momento, e poder dormir na livraria em troca de ler e resenhar um livro por dia! Fiquei lembrando, sentada numa pilha de livros, ninguém por perto pra me impedir. Fui longe. Aquela livraria, onde já não dorme mais ninguém, a não ser as traças, acho, foi uma das primeiras coisas que quis visitar em Paris, naqueles três meses que passei lá, com uma bolsa da Aliança Francesa. Podia ficar até um ano, mas não tive coragem de deixar Norinha com Tia Brites tanto tempo, sem mim. Pois ela teve, Barbie, minha filha teve coragem de me deixar aqui, sozinha, sem uma tia sequer, e nem sei se foi por Paris ou por uma cidade qualquer, escura e fria. Deixe de pensar besteira, Alice, você já estava quase esquecendo essa coisa toda, o ressentimento. Não foi pra isso que você começou a escrever?, pois então continue, a dose do remédio ainda não foi suficiente, parece, falta mais um tiquinho, ou melhor, um bocadinho.

    O certo é que naquela hora, escondida ali num canto da livraria, passou-me pela cabeça a ideia de simplesmente ficar a noite inteira, dormindo num colchão de livros empilhados, tão romântico, embora desconfortável que só!, mas, na hora em que vi as luzes se apagando e ouvi baixar-se a primeira porta de ferro, não tive coragem, corri pra saída, arrastando a mochila, desviando perigosamente das pilhas de livros no chão, soltei um Amanhã eu volto, ninguém pareceu ouvir, e subi os três degrauzinhos pra rua, com um vago sentimento de culpa e alívio por mal me olharem e ninguém se mover pra me revistar, mesmo não levando comigo senão meus próprios pertences, de roubado, só palavras.

    Saí da livraria, Barbie, assim, com saudade de Paris, quase esperando ver na pracinha em frente aquela mesma fonte sustentada por três graças de ferro fundido, que havia na calçada diante da porta daquela outra livraria, mas logo caí em mim: ali não era Paris, era só uma por enquanto vaga Porto Alegre. Virei pra esquerda na mesma calçada e, imediatamente após a porta da livraria, havia outra portinha, estreita e alta, com uma das folhas entreaberta, na outra folha, pendurado num barbante, um pedaço de papelão quadrado que tinha escrito a carvão ou a lápis de cera, em canhestras letras maiúsculas, Pensão, um traço enviesado e, logo abaixo, Hotel, pra ninguém se enganar. Empurrei um pouco mais a folha entreaberta, dei com uma escada comprida e estreita, espremida entre paredes cinzentas e manchadas, subindo até um surpreendente guichê de vidro, parecendo novo em folha, bem iluminado, e uma moça novinha, quase uma menina, loura, olhos azuis, cara de anjo de procissão, por trás, esperando hóspedes. Consegui, carregando a mochila pela alça, perdendo fôlego a cada degrau, mas cheguei lá em cima. A menina me olhava com certo espanto. Perguntei Tem quarto pra esta noite?, ela ficou me olhando mais um pouquinho, encabulada?, pra noite inteira, a senhora diz? Eu disse É, se tiver, ela respondeu Tem, mas a noite inteira é quarenta, o banheiro é no corredor. Quarenta eu podia pagar se achasse um caixa eletrônico, fiquei na dúvida, começava a entender o que era aquele lugar, uma tentação de me deitar numa cama, qualquer cama, em combate com a voz bem-comportada que me assoprava Cuidado, Alice! atrás da orelha, me empurrando de volta pra rua, até um casal que não deixava dúvidas sobre a natureza daquele prédio sair do corredor ao lado, passar rente a mim deixando um rastro de suor com perfume vagabundo, descer a escada com comentários e gargalhadas safadas. Olhei a menina e ela me devolvia um olhar de pena. Agradeci, disse Outro dia, acho. Desci a escada com a mochila pesando mais do que na subida.

> *Os pobres viajam. Na estação rodoviária*
> *eles alteiam os pescoços como gansos para olhar*
> *os letreiros dos ônibus. E seus olhares*
> *são de quem teme perder alguma coisa.*
>
> Lêdo Ivo

Cheguei à rua, outra vez sem destino, continuei pela mesma calçada e, como sempre, um anjo qualquer, aquele era dia de anjos, Barbie, tinha posto uma indicação pra mim na esquina, uma placa indicando Rodoviária. Seria longe?, será que eu chegava lá a pé?, eu não tinha a menor ideia de em que ponto da cidade me encontrava e nem de nada mais. Vi adiante um rapazinho de farda escolar, esperando na ponta de uma faixa pra atravessar a rua, cheguei perto, perguntei Meu filho, a rodoviária é muito longe daqui?, dá pra ir a pé? Ele me olhou de cima a baixo, eu, já tão acostumada a ser olhada assim, desejando que pelo menos uma vez alguém me olhasse de baixo pra cima, bobagem minha!, o menino só estava avaliando minha capacidade atlética pra escolher a resposta: Pra mim dá, fácil, a senhora se quiser tentar é só seguir por aqui ó, vai em frente, vai perguntando, que chega lá, não é longe, não, pra mim não é. Agradeci e fui indo, perguntando, cheguei até lá, Barbie, me arrastando mas cheguei.

Uma rodoviária enorme, já quase escuro de todo na rua, mas lá dentro tudo iluminado, ainda cheio de movimento. Comparada com as da Paraíba, aquilo parecia aeroporto. Pensei, matuta, Aqui tem de tudo, vi a placa, grande, tinha até uma sala VIP, imagine!, seria como aquela que eu espiei pela porta no aeroporto de São Paulo?, com estofados de luxo, lanchinho, computadores e internet, uma televisão do tamanho de uma parede, moças e rapazes todos engomados com bandejinhas e sorrisos pra um lado e outro?, eu me perguntando o que seria preciso pra ter o direito de entrar numa sala VIP e dormir num daqueles sofás e poltronas que devia haver lá dentro, comer o lanchinho grátis dos clientes VIPs, Será que eu tento?, caminhei curiosa até lá pra assuntar e eu mesma respondi Pra mim não tem a menor chance, ao me ver tão mal-amanhada, no vidro espelhado da porta, de corpo inteiro pela primeira vez desde que tinha deixado meu quarto no apartamento xadrez. Virei depressa as costas àquela figura desgrenhada, "not VIP" invisível como a maioria de quem transitava por ali, arrastando sacola de plástico e calçados cambaios ou correndo, apressados pra não perder o ônibus.

Outras necessidades, mais urgentes e rasteiras que uma poltrona de luxo, me moveram. Apalpei o bolso da calça, só restava o cartão da poupança e mínimos trocados, precisava arranjar algum dinheiro, supunha que uma rodoviária daquele tamanho havia de ter banheiro pra se tomar um banho de corpo inteiro, claro!, se mesmo em parada de beira de estrada do Nordeste tinha, aqui também, mas decerto era preciso pagar e eu também precisava comer uma refeição decente como havia dois dias não comia, impossível continuar vivendo de salgadinho, refrigerante e cachorro-quente de salsicha. Se pelo menos fosse o bom cachorro-quente paraibano, com tudo quanto há, um verdadeiro prato feito dentro de um pão, muita carne moída, mais a salsicha, se quisesse, verdura, ovo ou qualquer outra coisa, ou tudo junto, o que a gente pedisse, aqueles abundantes molhos vermelhos de colorau escorrendo pelos lados, alimentando ou entupindo o freguês, davam a sensação de saciedade por um bom tempo. Mas aqui, não, é um pão com uma salsicha e a mostarda, fraco demais pra mim, eu não podia mais, queria um prato cristão, a comida quente, de garfo e faca, pelo menos de colher. Ali devia haver de tudo, mas custava dinheiro. Saí atrás de achar um caixa eletrônico, não é possível que não haja!, aquilo parecia aeroporto onde sempre tem fileiras dessas máquinas. Perguntei a um funcionário qualquer e encontrei logo, de fato, um caixa que me servia. Esperei por duas pessoas que estavam na minha frente, ali não ousei fazer como nos ônibus das Carris, passar à frente, idosa na cara de pau, temia tomar um carão no meio da rodoviária e ficar envergonhada, mais desmoralizada do que já estava pela fome e pela minha aparência desmantelada àquela hora. Esperei pela minha vez, embora com uma necessidade urgente de ir ao banheiro, nem puxei saldo, extrato nem nada, pedi cinquenta reais e eles saíram rápida e milagrosamente, em notas de dez e vinte, gentileza daquela máquina. Peguei o dinheiro, enfiei no bolso da calça, corri ao banheiro mais próximo pras coisas mais urgentes, me ajeitei e segui, em busca de um chuveiro. Tive de voltar atrás, lembrando que, pra um banho valer a pena, era preciso, no mínimo, uma toalha, uma calcinha e um par de meias limpas, daquele jeito eu não podia continuar, só de pensar dava nojo. Percorri um corredor de lojinhas e logo ali, entre um balcão de perfumes e outro de relógios, celulares sem marca e chinesices semelhantes, achei um comerciozinho com todo tipo de roupa pendurada das paredes e do teto, consegui uma toalha de rosto não muito pequena, mas que ainda cabia na minha mochila, um par de meias, de homem, claro, com losangos em cinza e azul, nada que combinasse com meus tênis brancos de frisos cor-de-rosa. Ah, pois, veja só, os tênis que Norinha me deu são estilo Barbie, ótima qualidade, eu não havia de recusar, apesar

    Enfim, Barbie, comprei as meias, a toalha e pedi calcinhas. Ai, nem você ia querer usar as calcinhas que a moça me mostrou, todas apropriadas pra eu voltar àquela pensão-hotel que me tentara, mas eu não estava pensando nisso, deusmelivre!, deviam pinicar, cheias de babadinhos de renda de material sintético, três cores a escolher, pretas, vermelhas ou, Olha que lindas essas, roxas!, devia ser um horror vestir aquilo debaixo de calça jeans, nem me chegavam ao umbigo, eram aquelas coisinhas só pra constar ou pra efeitos supostamente eróticos. Pedi Não tem alguma coisa bem simples, de algodão, sem nada de enfeite, bem confortável?, sumiu o sorriso aliciante debaixo da expressão de desinteresse, desprezo?, De algodão?, não tenho não, está em falta, faz tempo que não vendo calcinha de algodão, ninguém procura, de algodão só tem mesmo cuecas, tipo zorba, pra homem. Eu pedi Deixe ver as cuecas, eu, que de cuecas não entendia grande coisa desde que Aldenor sumiu há mais de trinta anos, nas minhas raras tentativas de romance, depois disso, cuecas seriam o último dos meus cuidados, e praticamente não as via nem mesmo quando Humberto estava lá em casa, Norinha cuidava disso, botava na máquina de lavar, pendurava no meio das coisas dela que enchiam o varalzinho da minha área de serviço. Fiquei surpresa: a cueca exposta era uma calcinha com um aspecto mais confortável do que qualquer calcinha que eu conhecesse, mais folgada no entrepernas, só tinha umas costuras a mais e a frente reforçada, nem sequer buraco pra tirar fora coisa nenhuma, era uma ótima calcinha, por que não?, se eu quisesse, aquilo era uma calcinha, sim, comprei, feliz, Em oferta, três por 12, levei as três. Pode crer, Barbie, foi uma descoberta e tanto!, eu acho que ainda vai me servir na vida, cada vez que eu não encontrar calcinha de algodão.

 Saí animada com meu pacotinho e corri pro chuveiro, perguntei a uma senhorinha que parecia esperta, sentada, cercada de sacolas, guarda-chuva, travesseiro, pronta pra viajar longe, Por favor, sabe se aqui tem chuveiro, se dá pra tomar banho aqui mesmo na rodoviária?, Claro que dá, tu sobe, deve ser nos banheiros lá de cima que são maiores. Subi leve, encontrei logo, passei na catraca, paguei um extra por um banho quente, entrei no primeiro box livre, fechei a porta, era a primeira vez que eu fechava uma porta atrás de mim com tranquilidade, desde que tinha posto o pé na rua, há séculos. Encostei a mochila num canto, tirei os tênis, as meias, sem me importar com os pés nus no chão molhado e nada limpo, rápido me despi, pendurei a roupa usada num gancho atrás da porta, no outro, o saquinho plástico das cuecas e meias novas, a toalha, levei comigo a calcinha e as meias sujas, enfiei-me debaixo daquele jorro de água quente como num banho batismal pro meu corpo cansado, os pés ardendo de tanto andar, as costas castigadas pela noite no hospital e o sono no chão do parque, pelos tantos tamboretes, degraus e muretas, sacolejo de ônibus. Um verdadeiro tratamento. Não tinham definido limite de tempo pro banho, não parecia haver perigo de cortarem a água a qualquer momento. Dei-me conta de que, pouco importava!, eu não tinha sabonete nem sabão nenhum, mas me lembrei, confortada, da pasta de dente que restava do avião, guardada na bolsa pra depois do grande prato de comida quentinha, arroz, feijão, mistura, alguma verdura, o que fosse que eu havia de comer antes de procurar um canto pra dormir.

    Que luxo!, imagine que luxo era aquilo pra mim, naquela hora, Barbie. Não, você não imagina, você não tem dente pra escovar, você não come, você não precisa ir ao banheiro, você só toma banho de brincadeira, bom, enfim, quem sabe assim mesmo você entende

Uma praça encardida pode muito bem virar imagens de museu pra alguns apreciarem em exposições e terem sensações de alívio por tudo aquilo se passar com outros.

Arlindo Gonçalves

Fiquei horas debaixo da água, esfreguei o mais que pude minha calcinha usada e as meias, mesmo sem sabão toda aquela água quente devia levar embora a poeira, o suor, os humores, não haveria mais perigo de eu atrair cachorros nem gatos com a catinga das minhas meias. Saí do chuveiro renascida, quase a professora Póli de novo, enxuguei, com o maior capricho, aproveitando todo cantinho daquela toalha, cada preguinha do corpo, cada vão entre os dedos. Estava enxuta e me sentindo limpa, mas com um novo problema, uma calcinha, uma toalha e meias molhadas, sem saber como fazer pra secá-las, pendurei tudo no cabo da mochila e me vesti. Ah, Barbie, que satisfação vestir aquela cuequinha, embora ainda com a goma da fabricação, mas limpa de secreções humanas, estava bom demais!, calcei as meias, vesti minha calça, o sutiã, minha camisa amassada e suada, mas, àquela hora, o que importava?, finalmente os tênis e o casaco de Tia Brites pra compor o conjunto desencontrado, mas incomparavelmente mais confortável do que poucos minutos antes.

Ajeitei como pude calcinha e meias molhadas, cobertas pela toalha, no cabo da mochila, segurei bem e saí puxando aquilo com o ar mais natural, ninguém tinha nada a ver com isso, se eu queria carregar uma toalha molhada na ponta do cabo da minha mochila era direito meu. Andei um pouco, procurando onde comer, e achei um restaurantezinho com um aspecto muito simples, limpo, uma mulher com um jeito vagamente familiar do outro lado do balcão, uma oferta Prato Feito, R$ 3,50. Ai, Barbie, com que apetite me sentei numa das duas mesinhas em frente ao balcão e pedi meu PF, uma latinha de refrigerante! Esperei, meu olhar desgarrado acompanhando e abandonando cada um que passava, cada dor que passava, pensei. Daí a poucos minutos, a mulher, sem nada dizer, com uma das mãos desdobrou à minha frente uma toalhinha azul engomada a ferro, com a outra depositou meu prato, quentinho, acreditei ver o vapor subindo da comida, talheres limpos, enrolados num guardanapo de papel imaculado, um copo impecavelmente limpo, a latinha gelada e até palito, que eu nunca usei nem ia usar, mas me acrescentavam conforto todos aqueles adereços em torno da minha fome, só pra mim, bem sentada numa cadeira de encosto, as mãos limpas, me sentindo toda limpa apesar da roupa usada, e ataquei o prato com voracidade, tentando conter-me pra não comer depressa demais, pra aquele prazer durar bastante e mal ouvi, distraída, o toque de um celular ali junto. A mulher, até então quieta, com o cotovelo apoiado ao balcão e o queixo na mão, me olhando ou pra além de mim, disse em voz bem alta, sem se importar que eu ouvisse: Máinha, é Máinha, é?, que bom que a senhora ligou, eu estava aqui morta de preocupação, Painho melhorou? ainda está em Campina ou já voltou pra casa? Vixe!, eu não acreditava no que estava ouvindo, era da Paraíba, só podia, máinha, painho, Campina... eu me senti em casa, tinha voltado pra minha terra sem me dar conta?, que rodoviária era aquela?, bastava você entrar nela e era transportada por encanto pra onde seus desejos mandassem?

Esperei, acho que nunca esperei tão gostosamente que alguém acabasse uma longa conversa no celular, coisa que sempre me irritou. Não aguento gente que, até mesmo sentada num restaurante com quem lhe fez um convite pra almoçar, se essa coisa tocar, larga você, sozinha, bestando, olhando pras moscas, esperando respeitosamente, a presença eletrônica mais forte e exigente do que a presença de uma mera criatura de carne e osso. Quando a outra paraibana acabou o telefonema, eu me levantei com o prato já vazio, o copo ainda meio cheio, me encostei ao balcão entreguei a louça, mas continuei ali, tomei mais um gole do meu refrigerante e perguntei Você é da Paraíba, não é? Ela disse Sou sim, como é que sabe? Ouvi umas palavras, máinha, painho, Campina... também sou de lá. Ela disse Ah, está chegando?, faz tempo que não para aqui ninguém da Paraíba, veio pra ficar? Respondi Já vim faz alguns dias, e atrás veio toda uma versão amenizada da minha lenda, falei da minha filha, do neto por chegar, da mudança pra Porto Alegre, eu não queria, mas vim por causa do neto, contei da viagem imprevista da minha filha, num tom natural, imagine, Barbie, eu estava até surpresa de ser capaz de contar, de uma maneira tão arrumadinha, como se falasse de outra pessoa, tudo o que me tinha tirado dos gonzos e me feito sair doida pelo meio do mundo. Efeito momentâneo do sentimento passageiro de estar de volta?

 Contei o recado de Elizete e minha busca por Cícero Araújo pelos meandros da vila Maria Degolada e o resto, contei tudo, quase tudo, omitindo só os detalhes mais aberrantes como a noite passada no pronto-socorro, o sono no parque, a vagabundagem pela cidade sem intenção de voltar pro meu apartamento e expliquei que estava por ali seguindo indicações vagas, atrás de um empregado de uma empresa de ônibus que podia ter notícias de Cícero. Ela disse, sem surpresa, Sei como é. Conhecer esse rapaz, não conheço, mas meu filho vai sempre pra jogar futebol num tal de Campo da Tuca, onde tem um tanto assim de gente da Paraíba, até um timezinho organizado que se chama Campinense, pense!, como se fosse o mesmo nosso, meu filho se enturmou com a gurizada de lá. Nunca fui, estou sempre querendo ir, assistir a um jogo deles, mas é difícil deixar isto aqui na mão de outra pessoa, acaba sempre ficando pra depois... sei que é pro lado do Partenon, pra cima. Você, se quiser, pode ir ver, perguntar, ou anota meu telefone que eu posso perguntar alguma coisa pro meu filho, você me liga e eu lhe digo se ele conhece. Anotei, num guardanapo, Penha e o número. Agradeci, paguei, ela deu a volta ao balcão pra me abraçar, tomei o rumo da saída, pra disfarçar, e, saindo do raio de visão dela, virei pra as partes mais afastadas da entrada da estação à caça de um cantinho discreto pra me esconder e dormir. Achei um banco vazio, num ângulo mal iluminado, por debaixo de uma escada, fiz da mochila travesseiro e tentei me cobrir do frio estreando o xale chique que eu passei a noite puxando, pra cima ou pra baixo, curto demais pra cobrir-me do pescoço aos pés.

    Acordei maldormida, por conta do frio, mas sem dor no corpo, a rodoviária já se enchendo de gente, juntei meus teréns e fui tomar café na bodeguinha da minha conterrânea, que àquela hora, bem cedo, já havia reassumido seu posto. Vai lá no Campo da Tuca, vai!, que Deus vai ajudar, você acha notícia do rapaz. Me liga, que eu vou perguntar ao meu filho se já encontrou alguma vez esse Cícero. E dê notícia, se achar! Eu dava notícia, sim, achasse ou não.

    Saí da rodoviária com Cícero redivivo e um problema: a roupa lavada ainda por acabar de secar, não dava pra enfiar assim na mochila, junto com os livros e o resto, nem pra sair pelo mundo carregando aquilo feito um estandarte e dava pena jogar no lixo. Fazia sol.

    Voltei pra pracinha do bispo, sentei-me por lá, estendi a roupa molhada, as franjas da ponta da toalha por cima do fundilho da calcinha, pra disfarçar, o par de meias ao lado, e meti a cara num livro, fingindo não perceber quem passava e ria do meu quarador. Eu já devia parecer uma inegável moradora de rua. E não era, Barbie? Ainda não tinha me dado conta, mas já era, sim, tanto que lá pro meio da manhã ouvi um rangido próximo, senti movimento, alguém sentando bem junto de mim, um quase gemido: Ai, que canseira essa vida, né? Tu é nova por aqui, veio de onde? Tão acostumada a essa pergunta, respondi Da Paraíba antes mesmo de levantar os olhos do livro e dar com a figura que se achegava um pouco mais. A mulher era bem mais velha que eu, à primeira vista parecia gorda, de tanta roupa vestida, uma por cima da outra, mas bastava reparar melhor no rosto, nos pulsos e mãos descarnados, nas canelas finas aparecendo por baixo das muitas saias pra ver o engano. Era uma ruína, pobrezinha, pénsei, até encará-la e perceber o brilho vivo, curioso e esperto dos olhos azuis, inacreditavelmente limpos e vivos, o azul, azul, o branco, perfeitamente branco. Ela estava muito viva e limpa, cheirando a sabão, apesar de tantas camadas de roupa. Pra viver na rua, veio de tão longe? Eu não vivo na rua, estou só passando. Ela observou, com expressão descrente, meus trajes, por fora já enxovalhados, meus cabelos arrepiados, a mochilinha entupida, as peças quase secas estendidas ao meu lado, Ah, não vive na rua, não? Um risinho, mais nos olhos que na boca desdentada, acentuava o tom de mangação da pergunta. Fiquei chateada de que me acreditasse igual a ela, sim, moradora de rua, pedinte, arrastando aquele carrinho enferrujado afanado da porta de um supermercado qualquer ou recuperado de ferro-velho, empanturrado de sobejos do consumismo dos outros, de todo tipo, equilibrando milagrosamente uma montanha maior que ela de latinhas de refrigerante e garrafas PET amassadas, folhas de papelão, montes de trapos escapando pelas aberturas da grade do carrinho, um vulto a mais dos muitos semelhantes que eu já tinha entrevisto por ali, como coisas das ruas, sem lhes conceder mais atenção do que a um banco de praça, uma lixeira, um orelhão inútil. A rua é cheia de coisas sem muita serventia, Barbie, do mesmo jeitinho que os quartos das meninas de hoje que você costuma frequentar, só o preço é que difere.

Ela continuava me olhando, interrogativa, fiquei desconcertada, quis desfazer logo o engano. Contei minha história, quase verdadeira, omitindo só aquilo que me diminuiria aos olhos dela, falei da minha filha professora na universidade, da minha vinda pelo neto por chegar, do apartamento ótimo que eu tinha, meio longe do centro, da viagem inesperada e obrigatória de Norinha e meu genro pro estrangeiro, a mãe de Cícero desesperada, eu na rua procurando por ele, tinha ficado tarde na véspera, eu meio perdida, não conhecia ainda a cidade, cansada demais pra ir pra casa e voltar cedinho pra continuar a busca, falar com os passageiros que iam e vinham da Paraíba a ver se davam alguma informação do Cícero, o trânsito, Dormi num hotelzinho por aqui mesmo... também era quase verdade... Enfim, a maioria dos fatos era verdadeira, e omissão não é propriamente mentira, é, Barbie?, mas tudo o que eu dizia só fazia aumentar a descrença sublinhada pelo risinho divertido e desconfiado da outra mulher. Ela resolveu pagar na mesma moeda, danou a mentir descaradamente, tinha casa, também não dormia na rua, não, nem em albergue, Deus me livre!, aqueles coitados presos lá o inverno todo!, tinha casa própria, um casarão, bairro muito bom, se algum dia eu precisasse, não me acanhasse, era só dizer, podia muito bem ir dormir na casa dela sem precisar pagar hotel. Agradeci, o meio sorriso descrente agora transferido pra minha boca. Servir-me de novo da história de Cícero Araújo tinha me despertado um sentimento de quase culpa por havê-lo abandonado, de responsabilidade pra com a mãe paraibana desesperada, anunciei que precisava ir, já estava tarde pra um encontro marcado com alguém que conhecia Cícero, juntei a roupa praticamente seca, soquei tudo, como pude, dentro da mochila, ela também tinha hora, disse, repetindo Se tu precisar já sabe, vem na minha casa, me acha por aqui, é só perguntar pela Lola. Agradeci muito, começando a andar, ela também se pondo em movimento com sua tralha toda.

Ainda fizemos juntas um pedaço de caminho até o fim da pracinha, ela com seu carrinho de supermercado, eu e minha menina japonesa mais gorda que na véspera, estufada com as novas aquisições. Tive um vislumbre de certa semelhança entre Lola e eu que me apressei a descartar, virando logo pra outra direção.

Aqui, no seu caderno, eu paro agora, Barbie. Vou cuidar das urgências, da luta contra o caos material, que o outro caos, o de dentro da minha cabeça, já não me preocupa tanto. Saio pra comprar umas coisas que amanhã a Milena vem. Saudade da Milena e sua risada solta. Acho que amanhã nem falo com você. Ainda quero lavar bem lavadinha a mochila da menina de olho grande pra dar a ela, que tem filha pequena. A mochila suja das ruas ficará apenas aqui nas suas linhas, Barbie, junto com os demais rastros dos meus quarenta dias de peregrinação. Não se sinta dispensada não, boneca, que ainda há coisas que preciso despejar, talvez nem tantas, mas

> *Tinha-se a impressão, na quietude de que todos compartilhavam, de que muita gente desconhecida vinha e se mudava sem deixar, por um momento só, de ser desconhecida.*
>
> Chico Lopes

Sentiu minha falta, Barbie, mais de um dia sem me ouvir?, Pudera!, acho que desde que nos conhecemos é a primeira vez que passamos mais de vinte e quatro horas sem nos ver, quer dizer, força de expressão, boneca dos olhos de tinta, você me vê?, vê nada! Eu é que vou me vendo, acho, aos poucos me vendo, revendo, esta Alice de agora

Não fique com ciúme da Milena. Você tem de entender que a Milena é diferente, é gente e eu estou sentindo falta de muita gente, até de minha filha, acredita? Não tive a honestidade de dizer isso a mim mesma, mas a você, que é de papel e não tem nada a ver com nada, eu digo. Ontem, por insistência da Milena, Como é que eu vou falar com a senhora, se precisar, de urgência?, recoloquei o telefone fixo na tomada e créditos no celular.

Vai se acostumando, que qualquer hora eu fecho você pra sempre na gaveta, trancada, pra não poder fofocar sobre mim com ninguém.

Deixei a Lola pra lá e parti pro Campo da Tuca, seguindo as dicas da Penha, fácil de lembrar porque boa parte eu já conhecia, a Bento, descer perto da PUC, vila João Pessoa, e eu nunca tinha imaginado o velho João Pessoa tão importante aqui!, fui pensando, enquanto subia em direção ao Campo da Tuca, Olha que é longe, viu?, não quer esperar o ônibus que vai até mais em cima?, não, eu ia subindo a pé mesmo, as pernas decididas, com rumo certo, o pensamento solto, vagabundeando, É claro, como não lembrei logo?, a gente esquece que João Pessoa é nome de gente, que morreu de bala e botou o gaúcho Getúlio no poder mais cedo, virou herói por acaso, e ainda teve o direito de mandar pra escanteio o nome tão bonito de Parahyba, ah, de novo a vontade de fugir daqui de volta pra lá!, deixa de chororô, Alice, anda, vai que Cícero está esperando logo ali mais acima

    Cheguei lá, reconheci logo, um campo de futebol até bem aprumadinho, cercado e tudo, em volta dele uma porção de casas entremeadas por lojinhas, bodegas, não tinha jeito de favela, pelo menos não como as vilas e becos já percorridos. Fui dando a volta ao campo de futebol e dei com uma bodeguinha que me cheirou a nordestina, encostei na porta, olhei, percebi logo o acerto da minha intuição, em cima do balcão havia uma caixa de vidro com queijo de manteiga e uma pilhazinha de rapaduras, na parede do fundo um cartaz Temos carne de sol. Eu não via ninguém, depois percebi movimento num canto mais ao fundo, alguém arrumando prateleiras, chamei Por favor, ele veio na hora, pra entabular conversa perguntei O senhor tem mesmo carne de sol?, e ele, pesaroso, Acabou esta manhã, vendi o último pedaço, quase guardei pra mim, mas a freguesa antiga, amiga lá da minha terra, insistiu e vendi pra ela, semana que vem chega mais, se a senhora voltar, na quarta ou quinta-feira, é de certeza que vai ter carne de sol aqui, porque o primo que me manda já despachou, está chegando, era até pra ter chegado ontem, mas houve uma confusão aí nas estradas, não sei direito o quê, ele avisou que ia atrasar, mais alguma coisa?, olhe, tem um queijinho de manteiga de primeira, esse acabou de chegar, tenho mais lá dentro, a senhora pode levar quanto quiser, esse é do bom, bota na brasa, na frigideira e fica uma beleza assado, não vai se arrepender, leve um pedacinho do queijo pra esperar a carne de sol, assim mata a saudade.

A conversa toda, a princípio desnecessária, fez-me bem, amenizava, como a voz de Penha na rodoviária, a estranheza desafiante e inquietadora do exílio recente. Hesitei, ele era nordestino, sem dúvida, bastara uma frase, bastara ele chegar mais perto do balcão e a luz da porta da rua iluminar-lhe o rosto, era de "lá", então eu disse Não vou levar agora, não, estou carregada e moro muito longe, vim aqui porque me disseram, e enveredei pelos caminhos de Cícero Araújo, soube que ali havia muitos paraibanos, ele podia estar morando na vizinhança, ou alguém conhecer, contei a história toda, pra aquele ali como pra os demais, da minha terra, agora abrangendo o Nordeste inteiro, não precisava fazer aquele floreio todo aprendido da Adelaida lá na Maria Degolada, pra quem era de "lá" bastava o essencial sem grandes detalhes, entendiam todos, imediatamente, o caso mil vezes conhecido, a dor da Socorro, a urgência em achar Cícero, o homem me ouvia sorrindo, acenando, levantando as sobrancelhas, sabendo muito bem como são essas coisas, Olhe, eu mesmo não conheço esse Cícero Araújo, posso já ter visto com um bocado de menino que joga futebol aí no campinho, da Paraíba então tem até um time, o Campinense, com camisa e tudo, o filho de sua conhecida pode ter passado muitas vezes por aqui junto com os outros, eu não sei dizer quem é, não conheço todos pelo nome, agora, se a senhora conversa com alguém da Paraíba mesmo é quase certo de saber, quer ver?, não é difícil, vai, no fim do campo vira à esquerda, de novo esquerda, do outro lado, pelo meio da quadra, tem uma oficinazinha de conserto de roupa, é de Jozélia. Jozélia é da Paraíba, ela e a família todinha, pois então vai lá e quando quiser volte aqui, semana que vem, buscar uma carne de sol que eu garanto.

 A vontade era de ficar, sentar, papear mais longamente, fazer de conta. Não seria justo empatá-lo com minha solidão, ele tinha seu trabalho a fazer. Agradeci, peguei a direção indicada, encontrei facilmente a oficina da Jozélia. Oficina era dizer muito, praticamente um corredorzinho, a porta, logo em seguida a máquina de costura e, quase encostada à cadeira da costureira, uma mesa com um monte de roupa em cima, dobradas ou simplesmente amontoadas, alinhavadas, desmontadas, inteiras, embrulhadas em sacos plásticos com nomes das freguesas, cópia exata de tantos outros arranjos semelhantes que eu conhecia. Parei junto ao degrauzinho da porta, ela acabou de dar nó numa costura, olhou pra mim, Está precisando de algum conserto?, chegue! Subi e me escorei no batente, Se for de urgência não vai dar, não, olhe aí, fez um gesto apontando com o queixo pra trás do ombro, Sabe como é esse tempo, o povo com frio come demais no inverno, engorda, quando passa o frio dana a tirar a roupa mais fresca do armário e está apertada, até o calor esquentar de verdade e derreter a banha, corre todo mundo aqui pra eu ajeitar as roupas, já sei como é, todo ano, ajeito, alargo mas deixo preparada pra apertar de novo, se for o caso, tem roupa que eu já peguei aqui quatro ou cinco vezes pra alargar, pra apertar. Se você tiver pressa nem adianta, se quiser, lhe indico outra, aí mais pra dentro, não tem tanta freguesia assim, é bem mais nova mas bem boazinha, fui eu que ensinei. Eu quieta, ouvindo, gozando aquela fala que era, sim, pura Paraíba, sertão, dava pra ouvir, pra sentir até os cheiros da terra, mais do que na fala de Penha, ainda de "lá", mas já se agauchando. Pensei Vou enrolar um pouco mais, se eu falar logo de Cícero e ela disser que não sabe de nada, se desinteressar, vou ter de ir embora, mas ela parou e virou-se pra mim, Então, já resolveu alguma coisa? Quer voltar daqui a uns quinze dias? ou quer que eu lhe ensine o endereço da outra? Demorei a responder, avoada, saudade faz isso com a gente, sabia, Barbie? Você algum dia já teve saudade? Nada, na sua língua nem existe essa palavra.

Ela continuou, Vai desculpando eu não oferecer nem um tamborete, tinha um tamborete aqui, mas a vizinha pediu emprestado e não devolveu. Por fim consegui dizer Não se importe com isso não, estou bem assim, mora aqui há muito tempo? Há mais de quinze anos, menina ainda, vim ficar mocinha a primeira vez aqui, com a minha família do jeito que quase todo mundo vem, Pai veio primeiro, com uma construtora, se ajeitou, arrumou outro trabalho, pensou que era bom pra nós, que lá a gente vivia com dificuldade, sabe como é? Veio tudinho, Mãe e meus sete irmãos, vendemos as cabrinhas e o sítio, só deu pras passagens. Aqui acabei de estudar até a oitava série, encontrei aquele que é meu marido agora, de lá também, graças a Deus!, temos as nossas quatro filhas, duas já mocinhas, a maiorzinha vai chegar daqui a pouco da escola, se quiser eu peço pra ela levar você lá, quer não? Agarrei-me de novo com Cícero, Não é de conserto de roupa que eu preciso, não, preciso é de uma informação, e lá veio toda a história já me saindo quase sem pensar, ela também, como o homem da carne de sol, concordava, sabia como era, entendia, não precisei fazer nenhum floreio. Eu mesma não conheço esse menino, mas também menino dessa idade a gente só olha assim, não são muito chegados com adulto, e minhas filhas... não tenho filho rapaz, só menina, e não deixo ficar se engraçando com essa turminha aí do campo, não, porque a gente nunca sabe, não é?, nunca se sabe, eu resguardo minhas meninas, mas deixe minha filha chegar, ela leva a senhora por aí, aqui tem muito paraibano, sim, minha filha conhece todos, eu conheço também as famílias, vai com ela, perguntando, se esse menino andar por aqui alguém conhece, rapaz novo, paraibano, que já está aqui há um tempo é quase certo os meninos conhecerem. Olha ela chegando aí, minha filha vai levar a senhora, não leva, Suelen?

Suelen me conduziu de casa em casa, gente do sertão, do litoral, da Várzea, do Brejo da Paraíba, uns tantos Cíceros, por certo, mas nenhuma notícia de Cícero Araújo, nem nas casas de outros Araújos. Comi tapioca com coco, tomei café, refresco de cajá, A gente arranja, alguém traz e guarda no freezer, sempre tem, mas não achei Cícero. Ia saindo da última casa a visitar, dois rapazinhos vinham correndo, Olha, dona, o Edivaldo lembrou, parece que era Cícero o nome dele mesmo, a gente não tem bem certeza, que aqui era Ronaldinho Paraibano, por causa dos dentes assim. Disse, acho, que era da vila Quede, lá na Nilo, onde tem uma igrejinha, pode ser, não custa tentar, que aqui já viu que ele não está mesmo. Me despedi, Volto, sim, pra dar notícia.

Para ela, que vinha no banco de trás contando as coisas, as coisas só inchavam as pupilas numa vontade de abreviar a massa de tempo, aquele agora que nunca era depois...

Cíntia Moscovich

Desci do Campo da Tuca, de ônibus em ônibus, tudo de graça sem ninguém me cobrar, ô cidade gentil, esta!, pudera, eu devia estar envelhecendo velozmente, minuto a minuto, desde que ganhei o mundo, em fuga, atrás de Cícero. Fui dar finalmente na tal Nilo, procurando por uma igreja, entrada pra vila Quede, sem ver nada que se parecesse com igreja e muito menos com favela em mais aquele projeto de Dubai ou Xangai.

Andei de um lado pro outro, de repente reconheci um shopping, aquela era a avenida onde minha filha morava!, pertíssimo, quase em frente àquele shopping, meu coração disparou num medo besta, como se fosse pega em território inimigo, saí quase correndo pra me afastar dali, tonteei e me escorei de lado num poste, a razão tentando me acalmar, Para, Alice, não está acontecendo nada, você está é ficando maluca!, e aos poucos a razão venceu, me aprumei, desencostei do poste e li, colados nele, dois cartazinhos de propaganda, um daqueles costumeiros Mãe Fulana, Traz seu amor de volta em sete dias, do tipo que Luana chama "mãe de poste", o outro, inacreditável!, Formação psicanalítica em três meses, Matrículas abertas pra próxima turma, dr. Ronaldo não sei do quê, uns números de telefone. Foi bom, me fez rir e quase anotar o telefone do psicanalista a jato, caso precisasse.

Retomei a marcha, de novo decidida, perguntei numa banca de jornais onde havia uma igreja, Umas dez quadras pra lá, deste mesmo lado. Cheguei, de perto pude ler numa parede o nome da igrejinha, que nunca poderia ter identificado sem alguma indicação, parecia um salãozinho qualquer, a frente dando pra um estreitíssimo beco, com certeza igreja de opção preferencial pelos pobres, coisa hoje quase clandestina como a favelinha no lado avesso daquela avenida. Emburaquei pela viela, Alice em novo buraco dentro de outro buraco, de outro buraco, de outro... O vão se alargava um pouco, logo adiante, barracos dos dois lados, tralhas de todo tipo sob os telheiros junto às portinhas, decerto catadas nas ruas ricas da vizinhança, eu de volta aos becos da Maria Degolada, despejando, de porta em porta, a versão enriquecida e mais dramática da história de Cícero Araújo recriada na terra da santa, ouvida com ar penalizado pelas muitas mulheres, a piazada onipresente, cães guapecas pulando à volta, algum homem encostado em casa, Senta um pouco, mulher, tu deve de estar cansada, a oferta do chimarrão, recusada, a do café ralo, aceita, ninguém conhecia Cícero, mas todos sabiam de outros filhos perdidos, um ou outro achado, Graças a Deus, por milagre! Tentaram me ajudar, levaram-me e contaram eles mesmos a lenda até o fim do longo beco espremido entre grandes prédios, que terminava na cerca de um luxuoso gramado, com árvores esparsas e tufos de arbustos tratados a manicure, talvez um campo de golfe, e então entendi o nome vila Quede, de "caddy", recolhido também de restos do outro mundo. Nem sinal de Cícero Araújo, Tu tem certeza de que era aqui que te disseram?, menti por costume, Tenho, era por aqui perto, não sei bem, Só se for lá nos Silva, Tu sabe os Silva?, Sabe não, tu não vê que ela não é daqui, não conhece quase nada ainda?, Mas é fácil, tu atravessa a avenida e tem logo o mequidônis na esquina, sobe pela rua do lado do mequidônis que vai dar lá, Se tu vai ir agora mesmo, meu guri te leva, ô Vandeílso, tu não, piá, tu é pequeno, Vandeílso, leva essa mulher lá nos Silva, mas volta logo pra cá, viu?, tu tem que estudar. Voltei até a boca do beco, reconheci logo ali, quase em frente, o mequidônis, o rapazinho, com cuidado, me levando pela mão, Na esquina, do outro lado, ele me apontou, no alto da ladeira, É lá naquelas árvores. Eu disse Pode deixar, obrigada, eu subo sozinha, tua mãe disse que tu tem de estudar, Minha avó... Dá muito tempo!, e fez questão de me levar até a cerca onde, ao lado de um muro com horríveis rolos de arame farpado no alto, cercando um edifício presunçoso como os outros do bairro, uma grande placa informava Área Federal, Quilombo Família Silva, Proibida a entrada de pessoas estranhas. Parei, bestificada, o quê?, quilombo, como? Olhei pro guri, ele disse É aí mesmo, dá a volta no muro e pode entrar, Mas aqui diz proibida a entrada, Pode entrar, não tem problema, é por ali. Despedi o guri, avancei, vi a entrada aberta, entre as árvores. Eu já estava mesmo disposta a tudo, segui um pedacinho pelo mato e logo dei num mínimo vilarejo de poucas casas plantadas ao acaso, mulheres e crianças à sombra de árvores enormes, o inevitável chimarrão passando de mão em mão, mas podiam ser, sim, remanescentes de um quilombo, encastelados naquela bolinha de mata no alto de um bairro de luxo, eu a me perguntar que outro espanto maior ainda me esperava nas dobras desta cidade, eles me olhando, silêncio. Criei coragem, invoquei mais uma vez Cícero Araújo, desfiei minha fábula, danaram a falar todas ao mesmo tempo, não conheciam, Mas o pessoal que mora naquela última casa ali, que é de lá, do Piauí, É da Bahia que eles são, Então, é de lá, só se eles conhecem, Agora não estão, vão chegar de noite, que foram trabalhar, Tem alojamento de operário bem perto daqui, tu pode ir lá ver se acha, que dá tempo, depois volta aqui que a Nilda já chegou.

Eu ia, sim. Elas me acompanharam até a saída pelo outro lado do quilombo, ensinaram Dobra ali, sobe lá, dobra de novo e cheguei, facilmente saltando de um mundo a outro, à porta de um alojamento grande, no próprio canteiro de obras do que parecia mais um edifício residencial de luxo, o sol já posto, o céu ainda claro, os trabalhadores saindo pra calçada, banhados, penteando os cabelos molhados. Não, não conheciam Cícero, Qual o apelido dele?, deram-me uma lista de endereços aproximados de outros alojamentos, Está cheio de nordestino em qualquer um, se a senhora quiser procurar, prometeram perguntar aos colegas, Telefone pra gente dizer se teve notícia desse cabra, anotei alojamentos e números de telefone no verso de um lustroso panfleto de propaganda do empreendimento imobiliário que construíam, era só descer outra ladeira que chegava na Nilo.

Não voltei ao quilombo, sabia que era inútil, continuei, a desistência e a fome de um dia inteiro ameaçando abater-me a qualquer momento, a avenida, um ônibus, outro, rumo à rodoviária. Desci antes, o tempo esfriava mais que nos dias anteriores, eu mal agasalhada, o frio que ia fazer essa noite na rodoviária!, vontade de entregar os pontos, telefonar a cobrar pra Elizete, pedir meu endereço. Fechavam-se os últimos comércios ainda abertos, punham na calçada o lixo, lixo?, que nada!, aquela enorme folha de plástico bolha jogada na calçada por cima de um monte de caixas de papelão me deu novo alento, alguma defesa contra o frio eu já achara. Perambulei por ali, esperei fecharem-se todas as portas, voltei e peguei a manta de plástico, dobrei bem dobradinha, enrolei como um saco de dormir, procurei nos montes de rejeitos às portas das lojas e achei cordões, amarrei o cilindro atravessado no topo da mochilinha, como tantas vezes tinha visto fazerem os jovens andarilhos. Rodoviária, banho, roupinha lavada, ainda tinha um trocado pra jantar o prato feito da Penha, É, voltei, o rapaz não estava ontem, era folga dele, hoje vai chegar. Reassumi meu posto de dormida, o banco num canto escondido da rodoviária, que conforto com o cobertor novo!

Porém ela sabia agora que havia épocas em que o feio e o bonito serviam exatamente para o mesmo propósito, quando qualquer coisa para a qual se olha é apenas um pino onde pendurar as sensações descontroladas de seu corpo e os bocados e pedaços de sua mente.

Alice Munro

Daí por diante, Barbie, por vários dias eu tinha uma quase rotina, cujos detalhes já se embaralham na memória, dormida alternada, pra não chamar atenções indesejadas, noites na rodoviária, quando necessitava o banho inteiro e tirar um dinheirinho do banco, cada dia uma quantia menor, medo de que a qualquer hora a máquina me negasse ajuda, refeição da bodeguinha da Penha que já não me perguntava mais o que eu fazia ali, meu aspecto deteriorando-se e denunciando minha condição de moradora de rua, até quando?, outras noites, se o frio cedia, o pronto-socorro pra embaralhar meu rastro, o corpo dolorido mas o banheiro limpo e um banho de gato, o cacetinho na chapa da padaria próxima, mais um sono no parque ou longas sestas extemporâneas nos confortáveis ônibus da Carris, embora às vezes cheias de sonhos aflitivos, a recorrente tentação de Shakespeare and Company e a de dormir uma noite na pensão suspeita, às quais não tinha coragem de ceder. Salgadinhos e cachorros-quentes mastigados às pressas ou com exagerada lentidão, a depender do interesse, dos assentos disponíveis ou do cansaço das pernas, e as andanças sem fim com objetivos mentirosos, nas quais eu mesma me esforçava a crer, Cícero Araújo sumindo e reaparecendo segundo seus caprichos e minhas necessidades, eu entrando e saindo de sebos e livrarias, sempre temendo ser descoberta e escorraçada, com os bolsos cheios dos guardanapos que eu afanava de qualquer mesa incauta, panfletos de propaganda que catava pela rua, cobertos de frases roubadas pra me consolar. Ou simplesmente andava de cá pra lá, olhando pro mundo de coisas justapostas sem sentido, supostamente chiques e bonitas porque caras, ou de carregação mesmo, simulacros pobres, coisas bonitas ou feias segundo os olhos de cada um ou os critérios ditados pela publicidade. Eu me deixava levar pela correnteza das ruas de comércio, entrando em lojas, desde as de 1,99, as lojas de departamentos mais caras, até shoppings durante os poucos dias em que minha aparência ainda permitia vagar por ali, sem que um segurança viesse logo me perguntar se eu precisava de alguma coisa.

 Várias vezes, porém, me reaparecia a necessidade de procurar por Cícero, talvez apenas pra marcar compasso naquela andança fluida e dar-lhe de novo algum sentido, fazia de conta que ia em busca dele e tomava um ônibus qualquer, até um terminal de onde partiam outras linhas pra os municípios em torno de Porto Alegre, descia no ponto final e recomeçava a peregrinar, olhando o que houvesse, avenidas ou becos, perguntando por Cícero Araújo apenas quando precisava de uma senha pra me aproximar e falar com alguém. Cícero não me faltava nunca, cumpria com perfeição sua função de álibi, dócil, mudando de endereço segundo minhas necessidades ou fantasias. Eu caminhava, via, ouvia, cheirava, lambiscava o que se apresentasse, até a beira da cidade esbarrar no campo ou na mata e então, esgotada, tomava o caminho de volta, cochilando nos ônibus até chegar a meus cantos costumeiros de pouso noturno.

Numa dessas excursões fui parar em Alvorada. Tinha ficado um bom tempo num terminal lá no final da Bento, puxando conversa com um pernambucano que vendia água mineral naquele ponto. Falei de Cícero, pra ter assunto e provocar aquele olhar de compreensão que me fazia falta?, ou simplesmente pra explicar minha presença ali, esperando condução. Eu já sabia que simplesmente estar parada, sem uma explicação plausível, em algum lugar por onde normalmente só se passa ou se espera, tornava uma pessoa suspeita e lá vinham os olhares de cima a baixo. O pernambucano então perguntou que ônibus eu ia tomar. Olhei à volta e vi um carro chegando ao terminal, o letreiro dizia Alvorada e não hesitei, É aquele ali o meu, vou pra Alvorada. E fui. Era já o meio da tarde. O ônibus seguiu por ruas e estradas, atravessando outros municípios contíguos até chegar a Alvorada, uma avenida larga, comércio variado e aspecto de classe média baixa, edifícios de conjuntos habitacionais de baixa renda ou ruas pacatas com aquelas mesmas casinhas de jardim na frente por trás das grades baixas. Desci no ponto final, peguei uma rua qualquer e segui em frente, afastando-me das ruas centrais, até chegar a estradinhas de terra e barracos improvisados de madeira e folhas de lata. A maioria das portas estava fechada, algumas crianças correndo ou encolhidas nas soleiras das portas, ninguém a quem perguntar por Cícero e entabular uma conversa. Já ia desistindo e pensando em voltar pro centro quando encontrei uma porta aberta numa parede feita de um antigo outdoor de publicidade de cerveja. O resto da casa era feito de tábuas desencontradas. Acima da porta, uma antena parabólica como as que já tinham me chamado a atenção e me intrigado em outros becos miseráveis no centro de Porto Alegre. A luz estava acesa e pude ver as costas de um adolescente negro absorto diante da tela de um computador. Não resisti à curiosidade e chamei. O garoto virou-se, sorriu, perguntei se conhecia um paraibano, nem sabia o nome daquele lugar, mas disse que tinha chegado até ali seguindo informações de outras pessoas, enrolei. Minha avó é que pode saber, ela já vai chegar, espera aí se tu quiser, respondeu, oferecendo-me uma cadeira. Arriei ali, cansada. O garoto voltou-se de novo pro computador, Estou terminando um trabalho pra escola. Pouco depois chegou a mulher, mais velha que eu, parecia, carregando sacolas, perguntou primeiro ao garoto se estava estudando direito, se a Jô tinha vindo ajeitar o computador, ele disse que sim, que a Jô não quis cobrar pelo serviço que era pouca coisa, estava bom o pedaço de bolo que a avó tinha deixado pra ela, que, que ele nem tinha posto o pé fora de casa, estava fazendo um trabalho, direitinho, não foi?, perguntou, tomando-me como testemunha. Só então a mulher pareceu notar-me. Engatilhei logo a história de Cícero. Não, ela não conhecia, não tinha ideia, mas sabia como era, Rapaz novo não tem juízo, o meu neto vai ser diferente, eu me mato trabalhando, mas dei um computador com internet e tudo pra ele não ficar pela rua. Não encompridei a conversa, a mulher parecia muito cansada, eu também. Voltei, devagar, em direção ao centro, agora notando as muitas pequenas antenas parabólicas nos beirais dos casebres, que alguns haveriam de considerar desperdício da parte dos pobres. Era mais longe do que me parecera enquanto andava à toa. Cheguei a uma das ruas mais prósperas, as casinhas ajeitadas, as grades brancas, vontade de tocar uma campainha e pedir pra entrar. Não tive coragem, mas minhas pernas doíam. Então vi, pouco mais adiante, dois rapazes saírem de um portão carregando um sofá, e deixá-lo na calçada, em frente a um terreno vazio entre as casas. Entraram, fecharam o portão, esperei um tempo, não saiu mais ninguém da casa, a calçada deserta, cheguei junto ao sofá de três lugares, os pés firmes mas o estofamento estragado e a espuma saindo pelos rasgões. Com certeza acharam que nem pra vender servia. Arriei ali, recostada no assento macio grande o suficiente pra que me esticasse inteira.

Pensei apenas em descansar um pouco e prosseguir, mas acordei já com o dia escurecendo e uma mulher jovem, com uma fala que não era dali, me apertava o ombro perguntado se me sentia mal, se queria uma água ou que chamasse alguém. Envergonhada, recusei, disse que não era nada, apenas um pouco de tontura porque tinha andado demais, Mas já passou, já estou bem, preciso ir embora, estou atrasada. Levantei-me de um pulo e já saí andando, Tem certeza?, não quer mesmo nem um pouco de água? Saí quase correndo, sem responder, a moça ficou olhando espantada, até eu virar na primeira esquina. Parei pra retomar o fôlego depois do susto, o sofá ainda me chamando pro sono. Andei mais um pouco, passei por uma padaria, senti fome, voltei, entrei, pão na chapa e café com leite, sentei-me em uma das duas mesinhas com tamboretes, pedi mais pão com café, e encompridei minha permanência ali, matutando, até começarem a puxar a primeira porta de ferro. Então, alimentada e decidida, debaixo de um céu despejado, voltei ao sofá que lá me esperava, deserto, deitei-me em cima da bolsa, os joelhos apoiados na mochila presa pelas alças às minhas canelas, agasalhei-me com meu plástico bolha e dormi minha primeira noite ao relento, sem nada sobre a cabeça, senão estrelas.

 Já então eu sabia que andava por andar, por vilas, ruelas, becos e acampamentos de operários, ao léu, a qualquer lugar a que me conduzisse o ônibus que calhasse, dormitando embalada pelo sacolejo do veículo ou mirando vagamente a paisagem incógnita, as mesmas casinhas com grades e jardinzinhos, as mesmas, sempre as mesmas avenidas exageradamente largas pra meu olhar paraibano, me perguntando, aqui e ali, o que era "brique", o que era isso ou aquilo que eu via escrito em placas por toda parte sem descobrir o significado, por que será que tem tanta casa funerária nesta cidade?, andava só pra não voltar, eu, rebelde peão de xadrez a correr atrás de um peão de obra imaginário, a ouvir histórias de gente quase reduzida a corpo e dor, quase

Uma tarde, eu vinha me arrastando não sei de onde, dos lados da Bento, exausta, ao virar uma esquina me acho diante da escada do pintor de uma fachada, preguiça de contorná-la, não sou supersticiosa, coisa mais antiga!, passei por debaixo, esbarrei no pé da escada e veio um jorro de tinta fresca por cima de mim, calça, camisa, casaco da Tia Brites irremediavelmente manchados, os tênis e a mochila não importavam, ficavam mais fashion e pronto, só deixar secar, mas as roupas, grudentas e pintalgadas de amarelo iam decerto endurecer quando secas. Se a tinta fosse prateada ou bronze, eu podia tentar ganhar uns pilas fazendo estátua viva de mendiga. Era amarela, nada feito. Não estava longe da vila Maria Degolada, voltei lá onde me lembrava de ter visto um brechó numa transversal da Bento, e descobri, notando agora a placa sobre a porta, o que era "brique", comprei pelo preço sem me importar com a combinação das peças, como qualquer morador de rua que se preze, aperfeiçoando o "physique du rôle", integrando-me na paisagem dos sem-teto da cidade. Comprei um casaco de lã vermelha por quase nada, uma calça jeans cujo defunto era maior, mas era a mais barata, três camisetas, roxa com bolinhas pretas, verde com a figura de um roqueiro no peito, amarela com barbaridades escritas em inglês "fake". Não cabiam na mochila, já lotada com os livros, a toalha de rosto e as três calcinhas-cuecas. Vesti as três camisas, uma por cima da outra, e amarrei na cintura o casaco de lã ruço, cheio de bolinhas, acabando de conquistar a total invisibilidade que eu desejava. Segui, assim, sentindo-me então mais confortável pra meter-me nas pequenas brechas da cidade.

Chega, Barbie, chega por hoje, vou pro meu sofá branco e abrigado.

> *Esse homem que vai sozinho*
> *Por estas praças, por estas ruas,*
> *Tem consigo um segredo enorme,*
> *É um homem.*

Mário de Andrade

Estou com sono, Barbie, a mão ainda dói de tudo o que já escrevi desde cedo, devia parar com isso, comer mais alguma coisa, que meu estômago já esqueceu o jantar, e ir dormir, mas tenho agora uma urgência de chegar a algum fim e vi uma coisa na televisão que me deu uma vontade de falar do Arturo.

Não sei se foi ainda na minha primeira semana de rua ou na seguinte, não sei, não posso jurar, parece que o Arturo já faz parte da minha vida há tanto tempo!, estou confusa, mas sei, sim, que foi no começo da quarentena que eu encontrei, eu tropecei no Arturo, melhor dizendo.

Eu tinha visto, um dia, passando em alguma andança já não sei mais pra quê, uma barbearia, no alto de uma ladeira, com uma ostensiva placa Barbearia vinte e quatro horas. Anotei mentalmente a alternativa pra alguma noite sem outro pouso conveniente. Naquela noite, estando por perto, sem coragem pra ir até meus lugares de dormida já costumeiros, achei de ir experimentar a novidade. Dei com o nariz na porta, a placa era uma mentira, as portas estavam perfeitamente fechadas e nenhum raio de luz coava lá de dentro por qualquer fresta. Enraivecida, com eles ou comigo mesma, sei lá, vinha andando meio zonza, era já tarde da noite, não sabia bem pra onde ir... Sem coragem de andar ou procurar ônibus pra rodoviária, medo de ficar na rua, resolvia-me a ir pro pronto-socorro, devia haver ônibus pra lá, ali perto. O HPS era um abrigo, sempre um teto em cima da cabeça, era duro o banco, mas eu me sentia protegida e havia a possibilidade de ir pro parque se amanhecesse sem chuva, me esticar num capim macio e dormir. Vinha vindo por aquelas arcadas debaixo do viaduto da Borges, cansada, cansadíssima, passei rente a um monumento esculpido na parede, que divide os arcos em duas partes, e, quando ia ultrapassando a saliência, de repente, saindo de trás dela, uma perna se esticou à minha frente, tropecei, parecia uma rasteira proposital, mas o dono da perna saltou de pé e me segurou, não me deixou ir ao chão e ouvi: "O loca, bos te queres cair y lastimar?, adonde bais sem mirar pa frente?", aquela fala, reconheci, puro portunhol, tinha de ser um argentino, um uruguaio?, na minha cabeça um motonero, um tupamaro, me fazia lembrar aqueles que a gente escondia em casa durante uns dias, Aldenor não vendo outra saída, Trata-se de salvar a vida de um companheiro, você entende?, mas tem de ser absolutamente segredo, o maior cuidado possível pra não pôr em perigo você e a menina, ele sabe disso, ele vai ficar quieto trancado no quarto, traga a menina pro nosso quarto e esqueça que ele existe, só se lembre dele pra dar as refeições, pode ficar tranquila que ele está acostumado e precisa se refazer, morto de cansaço, é questão de vida ou morte, se não eu não lhe pedia isso. Atravessaram minha cabeça, voando, essas conversas, os companheiros e "compañeros", eram tantos!, de toda parte, sem fronteiras naqueles anos, enquanto eu olhava espantada o homem alto e magro, barba e cabelos compridos, grisalhos, chapéu andino tecido de lã colorida, me segurando pela cintura. Ele não se desculpou, só disse, acalmando-me como se falasse com uma criança: "Siéntate aquí, senta aqui, senta, tu bai cair más adelante si no senta". Eu me sentei e fiquei, no chão debaixo da arcada, Barbie!, não posso garantir se foi só o cansaço mesmo, só a desistência de continuar me arrastando pela rua àquela hora da noite, talvez já perto da meia-noite, meu celular descarregado não confirmava, deixei-me escorregar, as costas deslizando pela parede, mais ou menos a um metro de distância dele.

Dava pra sentir o cheiro do vinho, mas também pra ver o olhar, sob o estreito facho de luz que vinha do poste em frente, um olhar que eu conhecia, ao mesmo tempo meio louco e muito terno, como o de tantos daqueles companheiros de Aldenor refugiados na nossa casa, talvez nos próprios olhos de Aldenor. Ele então me estendeu a cuia de chimarrão, "Tómate un mate, que te fass bem, toma", tomei meu primeiro gole do amargo, pra não fazer desfeita ao Chapeleiro Louco, como comecei a chamá-lo e ele gosta. Amargava mais do que eu esperava, me aqueceu, gostei.

Arriei ali, deixei-me ficar, pelo cansaço, pelo olhar, pelo portunhol?, apesar do frio. Tinha largado meu cobertor de plástico-bolha rasgado num monturo qualquer. Apoiada na parede, pendi pra um lado, com o cotovelo dobrado e a cabeça sobre o braço em cima da minha mochilinha, agasalhei-me como pude puxando de dentro dela o xale que uma semana antes era branco e se alguém passasse e visse nunca imaginaria que aquilo era uma lã tão valiosa. Eu dormi, Barbie, pela primeira vez eu dormi na rua, literalmente, de verdade, a noite quase toda, até começar a clarear lá fora. Foi o Chapeleiro que me acordou, sacudindo meu ombro, com sua fala arrevesada: "Cha ben a chente do pan y do café, no perde esse pan con café dessos pibes, é bueno, é quente, conforta, son pibes buenos". Eu, meio tonta, me sentei, esfregando os olhos, tentando acordar de vez e entender aquela conversa, enquanto ele me olhava divertido, "Que dormilona"! Eu, com uma súbita consciência de minha lamentável aparência, tentando me ajeitar, passei as mãos pelos cabelos, esfreguei melhor os olhos pra limpar uma eventual remela, que ali não havia água, não havia banho nem de gato. Então vi apontar, devagarzinho, a van com um letreiro ilegível à distância, parando junto de cada um dos pacotes de trapos encostados às paredes e portas fechadas sob as arcadas. A cada parada saltavam jovens, dois rapazes e uma moça, com copos de plástico, garrafas térmicas e embrulhinhos de papel pardo, distribuindo-os. Quando chegou a minha vez, vi primeiro água quente pras cuias, como a do Chapeleiro, já de bomba em riste, um pacotinho de erva-mate pra quem pedia, e a oferta de café com leite bem açucarado, que eu preferi, mais um cacetinho com manteiga e uma espécie de mortadela ou outro afiambrado qualquer. Vou lhe dizer, Barbie, embora o copinho fino quase me queimasse a mão, aquilo me pareceu um presente do céu, eu quase sem dinheiro nenhum e tão longe da padaria do meu amigo pra ir pedir-lhe fiado outro cacetinho na chapa e um café com leite.

    Precisava achar urgente um banheiro, mas tinha vergonha de perguntar ao Chapeleiro, me levantei a custo, agradeci e ele disse: "Aqui tienes siempre una casa, em lugar de caer por la rua y lastimarte", agradeci de novo, ele repetiu "Bolta quando quieras, Arturo está siempre aqui", e eu respondi, desta vez convicta, Volto, sim, Arturo. Saí de baixo dos arcos e pouco adiante encontrei um bar que acabavam de abrir, pedi pra ir ao banheiro, o homem resmungou qualquer coisa, fiz de conta que era um Sim, entrei, fiz xixi de mau jeito, evitando tocar no vaso e nas paredes imundas, segurando a porta emperrada, não havia água dentro do cubículo muito menos papel, nada de banho de gato, só mesmo dois guardanapos que restavam num bolso da minha calça. Teria de passar todo o dia me sentindo suja?, voltar à rodoviária?, ter coragem de procurar um caixa eletrônico e ver se ainda saía algum dinheiro, será que durante o dia era mais barata a diária da pensão?, ou era a mesma coisa?, melhor não correr o risco de ser percebida e expulsa da rodoviária, esperar anoitecer porque então eu dormia a noite inteira e ainda tomava meu banho decentemente, lavava minhas calcinhas e meias. Saí do cubículo que não merecia o nome de sanitário, pedi pra lavar as mãos na única pia a vista, ainda cheia de louça suja da véspera, fui atendida de má vontade, sentei-me numa das cadeiras junto à única mesinha e fiquei, fingi que ofegava, que me sentia mal, pra que o homem do bar não me expulsasse e, pelo menos enquanto não chegava o primeiro freguês, fiquei sentada na cadeira, cotovelo apoiado à mesinha, as costas na parede do bar que já nem me parecia tão sujo e ruim assim, depois da minha primeira noite encolhida numa calçada de Porto Alegre, eu quase um monte de trapos, enrolada num trapo que há muito tinha deixado de ser de luxo, aquele bar era um luxo.

Por não suportar o olhar do dono que se tornava hostil, saí e retomei meus caminhos que levavam a tantos lugares e a lugar nenhum.

a cidade se estendia concêntrica como um alvo
e ele — nem marujo nem caixeiro viajante
se desdobrava em esquinas

Márcia Maia

À tardinha, procurei e encontrei outra indispensável coberta de plástico-bolha, não tão grande como a primeira, mas suficiente, muito melhor que nada!, sem me dar conta, encaminhei-me de novo pra os arcos da Borges. Lá estava Arturo e seu mate. Sentei-me, naturalmente, a um metro dele, "Bolbiste?, necessitas um mate", aceitei, o chimarrão e o portunhol sabendo-me bem. Quem era Arturo?, pus-me a indagar, primeiro indiretamente, as respostas dele esquivas, eu aos poucos ousando mais, ele desconversando, cedendo algum indício, outro. Quando escureceu e as luzes dos postes se acenderam lá fora, eu já sabia o bastante, sim, Montonero na juventude, os "compañeros" desaparecidos, caindo mortos rente a ele, o pavor, a perda dos laços, a fuga louca pela fronteira, sem documentos nem contatos, o desatino, Porto Alegre, a rua como destino, quisera ser poeta. Sim, quisera ser poeta e tratara de aprender decorando páginas e páginas, de Borges a Neruda, de Juana Inés, de Ibarbourou, de Mistral a Guillén e outros, e mais outros, todos. Arturo me esqueceu, partiu dali sem sair do lugar, pôs-se a desfiar versos, retalhos de estrofes, poemas incompletos e arrevesados, e entendi que já não os possuía íntegros, o portunhol, a cada frase reinventado, tinha se tornado seu único idioma. Levantei-me e fugi, pra não chorar alto, pra não despertar Arturo.

Atravessei pros arcos do outro lado da avenida, sem sequer olhar pros lados, ao risco de ser esmagada por um carro tardio, apoiei-me escondida por trás de uma das colunas, e chorei todas as mágoas de Arturo, de mistura com todas as demais dores que me vinham contaminando naqueles dias, afogando as minhas. Chorei até sentir um puxão na manga, virar-me assustada e dar com Lola e seu carrinho, o olhar esperto e desconfiado, aquele sotaque, impossível de saber se era estrangeiro ou de alguma colônia alemã, polaca?, Vem comigo, tu não pode ficar aqui assim, vem dormir na minha casa.

Vou, iria com qualquer pessoa que me chamasse, por inércia, por esgotamento, sem imaginar a surpresa. Lola tem mesmo uma casa, numa rua antiga de bairro respeitável, perto do centro de Porto Alegre, casa velha, caindo aos pedaços, mas ainda se podem reconhecer, nos restos de molduras das portas e janelas, traços de ornatos art nouveau, no meio de um amplo terreno que já foi um jardim fantasista, com canteiros de formas sinuosas contornados por muretas de tijolos agora rotos e falhados, cobertos pelo mato, velhas árvores barbadas de parasitas, espécies trazidas de outro continente?, carvalhos?, tílias?, sei lá!, mas é dela mesma, há um portão, corrente grossa, fechada a cadeado, Lola puxa um molho de chaves, abre o cadeado, faz-me entrar, Só pode dormir no terraço, muito bem quando não chove.

Ali, onde restos de telhado defendiam do sol, mas não da chuva de vento, um estrado de cama, um colchão empelotado e puído, lençóis surpreendentemente limpos, o acampamento de Lola. Melhor que a rua, né?, escolheu outra chave, abriu a imponente e carunchada porta que dava no terraço, tirou de seus trastes uma vela, acendeu, Entra, vai!, lá dentro, numa das poucas partes em que ainda há pedaços de telhado, estantes com montes de livros encadernados em couro, restos de douração cintilando aqui e ali à luz da chama, mofados. Encheu-me os braços de livros, Tu pega uns livros pra forrar, chão de mármore é frio demais, apanhou ela mesma outra braçada, segui-a de volta ao terraço, indicou-me um dos pontos mais abrigados, curvou-se com flexibilidade de fazer inveja, começou a armar pra mim uma cama de livros. Passado o espanto, completei eu mesma a construção, enquanto ela se metia de novo pelos desvãos escuros da casa e voltava com dois pedaços de espuma, recheios de algum velho sofá, desiguais na espessura, secos e limpos, porém, tanto quanto o lençol feito de sacos de farinha emendados. Vem!, e conduziu-me, levando a vela, por dentro de salas descobertas e corredores entulhados, até um banheiro estropiado mas utilizável, com um grande balde de água preparado pra descarga.

Agora, vai, deita e dorme que tu precisa. Decidi que as minhas inúmeras perguntas ficariam pro dia seguinte. Acomodei-me na varanda de Lola, com cama, colchão e lençol, meu xale, minha manta de plástico, nenhum escrúpulo por ter abaixo de mim vetustos clássicos literários, e deixei voar a imaginação enfunada pela saudade. Quando saí de Boi Velho, pra fazer seis meses de cursinho e tentar entrar na universidade em João Pessoa, fui morar em uma pensão de moças, indicada por uma amiga de Tia Brites, ali pelo Tambiá, onde se alugavam vagas, baratinho, a vaga sendo nada mais que um beliche e uma prateleira num guarda-roupa meio desmantelado, no mínimo um século de existência e cheiro de mofo, apesar de as seis meninas que morávamos ali fazermos todos os esforços ao nosso alcance pra resolver aquilo, paninhos com desinfetante de pinho passados regularmente por dentro, as portas e gavetas escancaradas quando havia sol e calor, saquinhos com sal grosso ou bastões de giz pendurados entre os cabides, nada adiantava, aquele mofo tinha direitos de antiguidade. Entre os três beliches e o armário não sobrava espaço pra gente passar senão andando de lado, feito goiamum. Eu tinha de estudar sentada sobre as pernas cruzadas em cima do meu beliche, com a cabeça quase dando no forro de madeira do teto. Só se podia estar com certa folga diante da única janela, daquelas velhíssimas, de vidraças de guilhotina, os quadradinhos de vidro, no caso, faltantes ou rachados e inúteis no nosso clima, as folhas de venezianas, com taliscas lascadas. Quando precisava respirar e me distender, era ali que eu me punha, os cotovelos apoiados no parapeito, a olhar vaga e sonhadora pra única paisagem possível, um casarão arruinado do outro lado da rua. Minha imaginação de quase menina, leitora voraz de contos de fadas durante a infância e de romancinhos de banca de jornal na adolescência, viajava longe. A casa fronteira, ou o castelo?, sim, aquilo poderia ser um castelo, de acordo com as descrições que eu tinha lido, me parecia enorme, tinha um ar abandonado e antigo, um jardim com restos de grandeza nas roseiras desvalidas no meio do mato crescido por entre velhas árvores, aquelas também com barbas de parasitas pendendo dos galhos tortos. Havia uma estátua de mulher sem cabeça, com os seios redondos cobertos de limo preto e uma mão sem dedos afagando o pescoço de um cão tristonho. Quem seria essa mulher misteriosa? Por que tinham abandonado e maltratado assim o seu retrato? No tanque de águas escuras que ficava num canto do jardim, dava pra ver, flutuando, uns fios amarelados que pareciam cabelos de uma princesa afogada. Dava-me até certo medo, mas me atraíam os segredos que o casarão esconderia. Como qualquer castelo, tinha, diante da porta principal, degraus curvos, de pedra que eu imaginava ser mármore ou alabastro. Eu não sabia ao certo porque nunca tinha visto, ou percebido que via, nem uma coisa nem outra, só havia lido nos livros e as palavras me soavam belas, mármore... alabastro... Tinha uma grande porta de vidro rachado apesar de protegido por rendas de ferro forjado, cujos desenhos se repetiam nos janelões. Havia uma janelinha redonda de vidros coloridos na parede acima da porta, ramos de trepadeiras descabeladas subindo pelas sacadas, rodeando as janelas e chegando até o cômodo elevado acima do telhado, no qual eu, menina matuta, via uma torre. Que dramas teriam acontecido ou estavam acontecendo ainda naquele castelo do outro lado da rua?, haveria ali, talvez, fantasmas?, uma princesa adormecida?, uma menina maltratada? um barba-azul qualquer?, talvez um esqueleto enterrado debaixo da única roseira que floria em amarelo?, ou um prisioneiro misterioso e mascarado no quartinho que se entrevia no fundo do quintal? Havia tudo isso e muito mais, a casa a tudo se prestava, aceitando todos os mistérios e os habitantes esquisitos que eu inventava pra ela.

A casa de Lola não parecia tão misteriosa, ou eu que já não era mais capaz de tanta fantasia?, parecia apenas arruinada, mas oferecia um simulacro de teto e uma sensação de proteção, com o cadeado no portão e o ressonar forte da castelã ao meu lado.

Dormi profundamente, um sono só, como havia muito não me acontecia, até acordar já com o sol dando nas minhas pernas, zoada de passarinhos e Lola de pé, curvada sobre seu carrinho, resmungando e remexendo em seus trapos, Vem, tem banho se tu quiser, e sabão te empresto hoje, amanhã tu arranja o teu. Não sei por qual misterioso caminho, através do jardim abandonado, vinha uma mangueira com água gelada, o banho tomava-se por trás de uma espécie de cortina feita de sacos de estopa sustentada por uma trama de varas cortadas das árvores, tapava só a vista pro lado da rua, mas quem se importava de ser vista nua pelos passarinhos, algum calango e uma estátua quebrada?, era duro de enfrentar a água gelada, nos primeiros segundos, mas despertava de vez, avivava e fazia sentir calor quando acabava. Lavei minha roupinha de dentro, a blusa e o sutiã também, pronta a ir pra rua só com o casaco de Tia Brites, bem abotoado, deixei tudo ao sol, no varal improvisado. Não tive coragem de fazer perguntas sobre aquilo tudo, preferi oferecer-lhe, com um resto de dinheiro que catei nos bolsos e na carteira, um café com pão, na padaria mais próxima, que ela aceitou e comeu com gosto, nenhuma de nós duas ligando a mínima pros olhares enviesados que nos cercavam. Tu vem todo dia dormir aqui, tu é direita, tu pode, aprende o caminho. Eu vinha, sim, sem dúvida nenhuma!, e fomos, cada uma pro seu lado, eu memorizando pontos de referência pelo caminho.

> *Acostuma-te à lama que te espera!*
> *O Homem, que, nesta terra miserável,*
> *Mora, entre feras, sente inevitável*
> *Necessidade de também ser fera.*

Augusto dos Anjos

Continuei por semanas minha romaria pelo avesso da cidade, explorando livremente todas as brechas, quase invisíveis pra quem vive na superfície, pra cá e pra lá, às vezes à tona e de novo pro fundo, rodoviária, vilas, sebos e briques, alojamentos, pronto-socorro, portas de igrejas, de terreiros de candomblé, procurando meus iguais, por baixo dos viadutos, das pontes do arroio Dilúvio, nas madrugadas, sobrevivente, sesteando nas praças e jardins, debaixo dos arcos e marquises, sob as cobertas das paradas de ônibus desertas, vendo o mundo de baixo pra cima, dos passantes, apenas os pés. Nem sei mais quantas vezes levei ao Borges, ao Bento, ao Protásio, ao Nilo, ao Osvaldo a minha desaparência. Gaudéria de dia, à noite dormindo quase sempre na casa de Lola, agora um pouco minha também, ou em qualquer outro canto quando não a encontrava nos arcos, na pracinha do bispo e ia dar, a altas horas da noite, com o cadeado fechado e nem sombra de Lola na varanda.

    Acabei por descobrir, juntando fragmentos de informação que ela deixava escapar, parte dos mistérios de Lola. Casara-se, já não mais jovem, com um rico viúvo polaco, Tu pode não acreditar, mas já fui bela, belíssima!, contra a oposição dos filhos dele que a rejeitavam duramente, o velho pusera em nome dela a escritura da casa onde viveram juntos por anos e na qual, um dia, ele se matou com um tiro no peito. Todo o resto os filhos levaram, pra ela ficou a casa, nem um tostão pra mantê-la, arruinando-se ambas, que casa de suicida é assombrada, não se aluga nem se vende. O livro de Scliar escondido na minha mochila me punha mais perguntas na cabeça, polaco rico?, ela, polaca, judia?, "escrava branca"?, seria?, nem pensei em bisbilhotar mais, só me importa o que ela é agora e o que será dela depois. Dormia em seu terraço, dividia com ela minhas parcas refeições, lia seus livros embolorados. Ela nunca me perguntou mais nada, desde o primeiro encontro em que lhe contei e ela duvidou da minha história de filha, neto, Cícero, e tudo o mais que ouviu com um risinho descrente.

Continuei visitando Arturo quase todos os dias, ao anoitecer, ele sempre ali, em algum ponto sob as arcadas do alto da Borges, ironicamente jamais junto à porta da Casa do Poeta Riograndense que ali também morava, Arturo, misteriosamente limpo, e apenas seu saco de dormir e sua cuia de mate, sem carrinhos nem sacos cheios de tralhas que todos nós, habitantes dos buracos da cidade, arrastávamos. Uma vez achei no lixo de um sebo, com as folhas soltas caindo aos pedaços, um exemplar de uma edição barata e bilíngue de alguns poemas de Borges, supus que encantaria Arturo e ajudaria a desmisturar os idiomas, mas ele recusou-se até mesmo a pegá-lo nas mãos, "Um poeta no necessita de nada, yo no tengo ni quero nada, sou poeta". Uma vez cismei que devia convencê-lo a voltar à Argentina, disparei a falar, tudo havia mudado, as Madres de La Plaza de Mayo, podíamos achar a família dele, eu tinha amigos lá, pediria informações, haviam de estar esperando, desesperados, o filho, o irmão, o noivo desaparecido, eu falando, falando, sem olhar pra ele, até que ele se levantou, tremendo, me empurrando pra longe, e então vi a loucura expulsando qualquer ternura dos olhos arregalados, "Estás loca, me agarran, me matan e a todos os míos, no digas nada a nadie, sai, sai daqui, loca, loca!", gritava. Fugi correndo, pedindo a todos os santos que o acalmassem, que me perdoasse, que não sumisse dali. Por três dias espiei, escondida entre os arcos do outro lado, até ter certeza de que estava tranquilo, meu Chapeleiro Louco de antes, cheguei de mansinho, "Ah! Apareceste? Por donde andaste que no te bia?". Não se lembrava mais e nem quero que se lembre, quero que siga tranquilo, encasulado em seus poemas desconchavados.

Lola, Arturo, foram só os primeiros, depois vieram tantos outros! Fui aprendendo, ficando mais e mais igual a eles, quase todos os dias conseguia achar Giggio, tão menino!, eu, de novo mãe, por um momento, passando-lhe a mão nos cabelos, os olhos dele sempre úmidos a ponto de escorrer, sempre a mesma queixa, O Pai me jogou pra fora de casa porque eu sou artista, Que arte é a tua, Giggio?, Não sei ainda, só artista, o Pai me jogou na rua. Ao Giggio faltavam o pai e uma arte, à Catarina, carregando sempre seu enorme bebê de vinil, nu, mas quase novo, limpo dos inúmeros banhos que ela lhe dava no lago do parque Farroupilha, gemendo sempre Quero um menino, preciso de um menino... E este, Catarina, não é teu?, Este não é de verdade. Nunca descobri o que lhe teria acontecido, terá algum dia tido seu menino?, sumiu como Cícero, deixou-a como a minha menina?, fugiu ela de tudo, como eu?

Andar com Lola dava-me direitos de cidadania pelas ruas, assimilavam-me como uma a mais entre eles, e eram tantos!, aves migrantes de todas as espécies, perdidas do bando, cansadas ou extraviadas a meio do caminho, esperando sob sol, chuva e sereno a volta do bando que as resgate?, recusam o zoológico, não se deixam aliciar pela comida fácil oferecida, medo de não ver a revoada ou de não ser encontradas quando o bando passar de volta?, preferem o ar livre, mirando o céu, à procura dos seus, ou, desde o chão, deixando passar os bandos rasteiros nos quais não se reconhecem

Eu não contava mais horas nem dias, embora vez ou outra pagasse uma carga de duas pilas pra meu celular sem créditos, reduzido, havia muito, a relógio e lanterna, já que eu não atendia chamado nenhum, quase todos da Elizete. Só uma vez atendi, vendo que era o Galo, do alojamento de operários, cujo número e nome eu tinha gravados no meu aparelho, Melhor a senhora vir aqui, que eu tenho uma notícia, pode ser que seja... ruídos de interferência, minha bateria fraca, a ligação caiu logo, mas era suficiente pra me dar um objetivo imediato. Tomei um ônibus que ia pela Ipiranga, desci na Carris, fui ao alojamento, tive de esperar um pouco que o Galo chegasse, meio sem jeito, sem saber como me dizer. Afinal entendi os subentendidos, ele tinha ouvido falar de um paraibano que virou travesti e caiu na vida. Perguntei Onde? Ele respondeu, sem coragem de me olhar, Deve ser lá por perto do Sofazão, que eles ficam por lá. Fui, perguntando pelo Sofazão sem saber o que era, recebendo olhares atravessados e respostas ou não respostas espantadas. Finalmente descobri qual ônibus tomar, onde descer. Fui, já escurecendo, custei um pouco, mas acabei por encontrar, numa esquina, um deles, uma delas, tomei coragem, contei minha história, recebi a mesma compaixão que despertava a cada vez que buscava por Cícero, Como é o nome dela, o apelido? Eu não sabia. Juntaram-se várias, tentando ajudar-me. Não achei notícia de Cícero, apenas descobri o que era o tal de Sofazão, o que era uma casa de swing, coisa cuja existência eu até então desconhecia. Volta, tia, volta depois que a gente vai perguntar, quem sabe a gente encontra alguma pista, ou então vai ver lá pela praça João Pessoa, no Partenon, que quem está começando fica é por lá. Eu ia, sim, eu voltaria, sim, como prometia a todos. E seguia de novo sem rumo.

Guiavam-me o amanhecer e o entardecer, a chuva, o frio, o sol, a fome que se resolvia com qualquer coisa, não mais de dez reais por dia, a menor quantia que o caixa eletrônico cuspia, às vezes suficientes pra mim e pra Lola. Dias e dias. Nada mais na minha aparência, nem de leve, acho, me distinguia dos outros

Já então raramente chamava Cícero Araújo em meu auxílio. Onde andaria o filho de Socorro?, a que bando estranho se havia juntado, em que praça ficara esquecido?

> *Na verdade os pobres não sabem nem morrer.*
> *(Têm quase sempre uma morte feia e deselegante.)*
> *E em qualquer lugar do mundo eles incomodam,*
> *viajantes importunos que ocupam os nossos lugares*
> *mesmo quando estamos sentados e eles viajam de pé.*
>
> Lêdo Ivo

Eu teria continuado, talvez indefinidamente, naquela vida transitória que já nem me lembrava direito por onde nem por que tinha começado. Uma noite, sei lá que hora era aquela, mas não se via mais ninguém nas ruas nem luz nas janelas, eu vinha descendo de mais além da Curva da Cobra, das minhas agora esparsas errâncias em nome da mãe de Cícero, por territórios onde, no fundo, já sabia muito bem que não ia achar mais paraibano nenhum, que, nesta cidade, de "lá" só chegam "baianos". Tinha vindo parando pra dar uma palavra ou outra a algumas conhecidas no Campo da Tuca, sentar-me por alguns minutos nos degraus de suas portas, acompanhar com elas algum trechinho de novela, tomar um chá com bolacha, elas com enorme pena de mim, já era muito tarde, noite escura. Vinha arrastando os pés de cansada, mas teimosa, a andarilha urbana entranhada em mim, numa descida em direção à Bento pra me deitar num banco de parada de ônibus, como costumava fazer quando não tinha previsto um plano pra dormir mais abrigada e era tarde demais pra pegar transporte até a casa de Lola, a rodoviária, o pronto-socorro ou o viaduto do Arturo.

 Entrei por uma viela de terra, ladeada por terrenos que pareciam baldios, as cercas caídas. Com medo de tropeçar naquela escuridão e rolar ladeira abaixo, apalpei o interior da bolsa, achei o celular e acendi pra iluminar o chão pelo menos pro próximo passo, mas não cheguei a dar nenhum porque o fachinho de luz caiu bem em cima de manchas redondas já escuras, que pareciam sangue. Parei, sem coragem de pisar no sangue de outra pessoa, cisma que tinha desde criança lá em Boi Velho, com certeza por causa de alguma daquelas histórias apavorantes que enchiam de emoção nossos serões no sítio. O medo crescendo, movi um pouco o celular pra encontrar caminho, desviar do sangue e sair logo dali. O que vi foi mais sangue, tive a certeza de que era mesmo, traçando um rastro que descia em diagonal e entrava pelo mato. Não, Barbie, não desviei nem corri pra baixo, pra longe dali, como seria natural. Não sei o que me deu: esquecida do medo, segui o rastro como se fosse puxada por alguém me pedindo socorro e fui, entrei no mato, movendo o foco da luz que já enfraquecia, procurei, nem sabia o quê, achei um celular caído no meio do capim alto, apanhei-o sem pensar e enfiei no bolso da calça, avancei mais um pouco até dar com a luz bem na cara de um homem ainda jovem, os olhos esbugalhados, os braços abertos em cruz, e a poça de sangue já seco, escorrido de um buraco num lado do pescoço dele, mortinho da silva. Não, ele não podia mais pedir socorro, nem eu, muito menos, não podia fazer nada por ele, mas não era capaz de deixar o coitado ali sozinho, fiquei lá, coisas malucas passando pela minha cabeça, até mesmo a ideia de que tinha, afinal, achado Cícero e como era que eu ia dizer aquilo à mãe dele?... Uma vontade de chorar... Até que a bateria do meu celular descarregou de vez e o morto sumiu na treva. Então, sim, o medo voltou pra valer, não do morto, coitado, mas dos vivos que a escuridão à volta podia esconder, de quem tinha matado Cícero, que era negro e não era Cícero, ou da polícia me achar ali e me levar como assassina.

Fugi de qualquer jeito, correndo, me arranhando em garranchos de mato e restos de arame farpado, desci cegamente a ladeira, tropeçando, caindo duas ou três vezes, cheguei ao calçamento onde havia alguma iluminação, ninguém à vista, parei, respirei, tomei fôlego e continuei até, enfim, desembocar na Bento, exausta como se levasse o morto nas costas, e desabar, emborcada em cima da mochila, num banco sob o abrigo de passageiros, na ilha, bem no meio da avenida, bem no meio de Porto Alegre, exposta e só, no meio do mundo. Eu não estava ligando pra mais nada. Adormeci quase imediatamente, Barbie, você acredita?, depois de tudo aquilo?, dormi, Barbie, dormi até alguém me cutucar e dizer que ali não era lugar pra borracho dormir, manhãzinha, começando a clarear.

Levantei, espreguicei pra destravar o corpo encolhido pelo frio da madrugada e pensei em andar até a próxima parada, pra disfarçar, tomar um ônibus até a rodoviária, puxar um dinheiro, tomar um banho quente. Lola já não estaria mais em casa pra me oferecer um banho de mangueira. Só então percebi que a perna esquerda da minha calça tinha um enorme rasgão de lado, descendo, intermitente, desde o meio da coxa até a costura grossa e resistente da bainha. O arranhão na minha pele, começando a arder, era leve, não chegava a sangrar, mas me preocupou. Era preciso um desinfetante pra evitar complicação, uma farmácia podia resolver, mas eu não tinha mais dinheiro nenhum, nem pra curativo nem pra comer. E a calça?, se estivesse numa vitrine de butique, valeria um dinheirão, velha, desbotadíssima, assim com esse rasgão tão autêntico que estilista nenhum seria capaz de produzir, mas no corpo de uma velhota desgrenhada, já moradora de rua sem disfarce, não valeria nada, nem num brique. Voltar pro apartamento preto e branco?, nem morta!, nem sabia o endereço. Claro, ainda podia telefonar a cobrar pra Elizete e perguntar, ela acharia que fiquei louca e, àquela altura, eu mesma concordaria, mas tinha dito a ela que podia garantir a Socorro e, mais, tinha jurado a mim mesma não voltar pra lá sem achar Cícero, vivo ou morto, ou melhor, na verdade o que eu tinha prometido era não ceder a nada nem a ninguém, só voltaria se e quando eu mesma quisesse e, como ouvi tantas vezes meu avô dizer, palavra de gente honesta é uma bala, uma vez disparada não volta atrás. Meu próximo destino só podia ser a rodoviária. Sacudi os ciscos e carrapichos agarrados nos meus restos de roupa e nos cabelos, pendurei a bolsa e o xale no braço esquerdo de modo a tapar em parte o rasgão e saí, puxando a mochila, andando pela ilha do meio da avenida. Subi no primeiro ônibus que passou em direção ao centro, desci, fui caminhando, mais à vontade, as portas das lojas e bares ainda fechadas, a marcha pelo ar frio da manhã me fez bem, me revigorou.

Na rodoviária, o golpe final, o veredicto da máquina: Saldo insuficiente. Esmoreci de vez, sem banho, sem comida, rasgada, desmantelada, deixei-me cair em mais um banco, indiferente aos olhares, se é que alguém me via, cochilei e acordei mil vezes, saí pra rua tocada pela fome, a esmo, coragem nenhuma de pedir nas portas, de remexer no lixo, vendi no sebo meus livros novos de 1,99 pela quantia suficiente pra três cachorros-quentes, bebi água de torneira, mendigada em balcões de bares. Já não tinha mais nada a perder.

Busquei Lola na pracinha, não estava, o sol já se fora, arrastei-me até a casa dela, ela ainda não tinha chegado, deixei-me ficar, arriada no degrau do portão, sem pensar em mais nada. Um puxão na manga do casaco vermelho me despertou, no escuro, zonza, o barulho do cadeado e da corrente, o portão rangendo, a voz de Lola, Basta, tu não aguenta mais, tu não precisa disso, tu vai voltar pra tua vida que a gente também não precisa de mais uma na rua, à toa. A velha polaca me amparou até o terraço, empurrou-me pra minha cama de livros, Dorme que quando clarear tu vai, vai pra teu apartamento, pra tua filha única de mãe viúva, teu neto. E quando voltar pra me visitar quero que tu venha bem faceira, como deve ser.

Ela, afinal, acreditava, mais do que eu!, me sacudiu no lusco-fusco da madrugada, Vai, sai desse buraco, isso não é pra ti, tu só não esquece da gente. Obedeci, sem resistência. Lola me deu a metade de um pão dormido, uns goles do seu chimarrão, Toma, pra tu aguentar até lá, levou-me a um orelhão, talvez o último que ainda funcionava, telefonei pra Elizete, a cobrar, tirei-a da cama de madrugada, Na rodoviária, é, voltando de Jaguarão, esqueci o endereço, que cabeça a minha! A prima, estremunhada, não perguntou mais nada, me deu a informação. Voltei, assim, à superfície ainda por explorar. Suas rachaduras já as conheço todas e não esqueço.

Chega, Barbie, agora eu paro mesmo, que já está clareando o dia. Agradeço a paciência, guria, a solidariedade silenciosa, mas agora vou te trancar numa gaveta, tu não leva a mal, tá?, não digo que seja pra sempre, quem sabe ainda reabro estas páginas, passo tudo a limpo

Quarenta dias, dez anos depois

Ana Maria Machado

Escrever sobre uma nova edição de um romance brasileiro lançado há dez anos é algo que traz, de saída, uma sugestão instigante. Não consigo nem pretendo escapar desse desafio colateral lançado pela editora ao me encomendar este texto, quando me disponho a mergulhar na (re)leitura desta obra de Maria Valéria Rezende: o convite a refletir sobre o tempo e seus efeitos na publicação atual de literatura em nosso país. Ou seja: tentar pensar um pouco a respeito das permanências e dos desaparecimentos meteóricos em estantes de livrarias e páginas de divulgação da produção literária. Em saudações entusiasmadas, aplausos celebratórios e rápidos esquecimentos. Em mercado e degustação de leituras. E demais temas afins. Tudo isso num momento em que nossa literatura vive uma quadra de extraordinária proliferação de novos autores, temas e vozes antes sem oportunidades de vir à tona e que agora se revelam com pujança, em boas surpresas que se sucedem e disputam um lugar na atenção do público.

Trata-se de uma marca de nossos dias, certamente. Talvez nunca antes se tenham comemorado tantos aniversários de publicação, com novas roupagens para livros anteriormente já entregues ao público. Talvez isso não fosse necessário numa época em que a vida dos livros nas livrarias era mais longa que a das revistas nas bancas de jornais. Ou quando as livrarias se sabiam mais duradouras que essas bancas de jornais. Hoje tudo mudou. Agora é preciso tentar chamar a atenção do leitor para obras que certamente precisam de um novo destaque, de um holofote que as relembre e celebre, a evitar que sejam tragadas pelo sumidouro dos cliques automáticos e da pauta diária. Dentro desse quadro geral, sem qualquer dúvida, este livro que agora você tem nas mãos merece ser oferecido em nova embalagem para disputar seu olhar atento. *Quarenta dias*, de Maria Valéria Rezende, é um romance corajoso, original, bem escrito, que transporta o leitor a um universo algo inusitado. Já era antes e continua sendo agora, com a longa duração que os bons livros trazem a uma cultura. Merece toda a atenção e apreço dos leitores.

Nesse quadro geral, válido para qualquer tempo, convém destacar que o próprio tempo é matéria desta história — desde seu título, logo de cara a chamar a atenção para uma duração de quarenta dias. O enredo condensa sua ação nesse período bem demarcado e assinala logo numa das primeiras páginas: "Quarenta dias no deserto, quarenta anos".

Epa! Como assim? Dias ou anos? E como a ação do livro não se passa nas areias do deserto mas nas ruas, becos e praças de Porto Alegre, é evidente que a voz autoral não faz referência apenas a uma cronologia do real, mas se abre para a alusão mítica. Evoca de modo direto os quarenta dias de Cristo no deserto, sujeito a tentações do demônio e se fortificando com jejuns. Mas também os quarenta anos do povo judeu guiado por Moisés, fugindo do Egito em busca da Terra Prometida onde correria leite e mel. E não há como esquecer as circunstâncias contrárias a essa aridez: outros míticos quarenta dias, aqueles de chuvas ininterruptas do dilúvio universal a castigar a humanidade, até que a pacificação chegasse em forma da pomba da paz com seu ramo de oliveira no bico. Diferentes prazos de quarenta lembrados a todo ano na quaresma litúrgica.

Percebida essa dimensão mitológica e transcendente do quadro amplo, apontada logo nas primeiras páginas, a leitura pode então se concentrar em seu foco realista e acompanhar a personagem-narradora em sua travessia. Aparentemente, algo muito simples — ainda que a esta altura já saibamos que nessa história contada em primeira pessoa as aparências enganam.

Trata-se de uma história que aborda a relação entre mãe e filha, tão fundamental na história da humanidade e, até recentemente, tão rara em textos literários. Especialmente quando se debruça sobre elementos desagradáveis geralmente evitados e aqui presentes: questionamento de amor materno ou filial, tendência de exploração, chantagem emocional, anseio de dominação, ímpeto de independência, movimento de rejeição, egoísmo, falta de carinho. Tudo isso visto, percebido, sentido e analisado desde um ângulo materno. É preciso ter coragem para enfrentar esses pontos numa narrativa que opta por evitar cenas de atrito e vai deslizando suave por um acúmulo de indícios e percepções sugeridas. Mas não foge ao relato de traços de afeto materno — sobretudo na memória da avó da protagonista ou na ampliação para o coletivo em uma rede ampla de solidariedade popular, dirigida a uma mãe longínqua e apenas evocada em ecos de distante narração a muitas vozes, de realidade cada vez mais tênue e cada vez menos existente.

Esse processo ajuda a reforçar o que talvez seja a mais marcante característica do texto: a sutileza criada pela linguagem. Sem abusar de termos regionalistas fáceis mas acentuando a marcante oralidade atenta à sintaxe, é por esse canal que a história funciona com força. Nesse processo, enfrenta um desafio extraordinário de coerência: fazer o leitor acreditar numa história pouco provável, contada em linguagem brasileira familiar e cotidiana por alguém que tem grande intimidade com a leitura e se permite citar obras e autores sofisticados — até mesmo enveredando pela literatura de outros países. E que, mais que isso, constrói uma narrativa adulta em cima de um texto considerado infantil, sem medo de alusões ao original — como é o caso de *Alice no país das maravilhas*. Esse é um modelo recôndito, que paira sob a superfície de *Quarenta dias*, sempre a se esconder mas presente o tempo todo, aflorando em transparências e vislumbres súbitos. A indicar que por baixo daquela conversinha da Alice-narradora se esconde muito mais do que as aparências poderiam fazer supor.

É por esse ininterrupto tom de conversa de alguém que leu e teve acesso a estudos, mas não perdeu sua raiz conversadeira, que se denuncia o processo de isolamento de uma população de exilados em seu próprio país, evocando as dificuldades dos migrantes, a solidariedade entre eles, o preconceito contra os "brasileirinhos" longe da casa nordestina. É nesse desfiar interminável de reflexões de quem fala sem parar e registra num caderno seu relato (de circunstâncias por vezes pouco convincentes) e suas queixas (nem sempre capazes de comover) que se tece todo o enredo. E essa trama linguística funciona. Consegue suspender a descrença, pela pura força da linguagem narrativa. Não é pouca coisa. Por isso resiste. A dez ou a quarenta anos, como certamente o tempo comprovará. E nesse deserto atravessado, tão vazio e tão habitado, como nossos sertões, comprova-se a lição deixada em nossas letras por Guimarães Rosa: a sabedoria de que o real não se encontra na partida nem na chegada, mas se dispõe para a gente é no meio da travessia.

1ª EDIÇÃO [2014] 12 reimpressões
2ª EDIÇÃO [2024]

ESTA OBRA FOI COMPOSTA EM ADOBE GARAMOND POR ANASTHA MACHADO
E IMPRESSA EM OFSETE PELA GRÁFICA PAYM SOBRE PAPEL PÓLEN NATURAL
DA SUZANO S.A. PARA A EDITORA SCHWARCZ EM NOVEMBRO DE 2024

A marca FSC® é a garantia de que a madeira utilizada na fabricação do papel deste livro provém de florestas que foram gerenciadas de maneira ambientalmente correta, socialmente justa e economicamente viável, além de outras fontes de origem controlada.